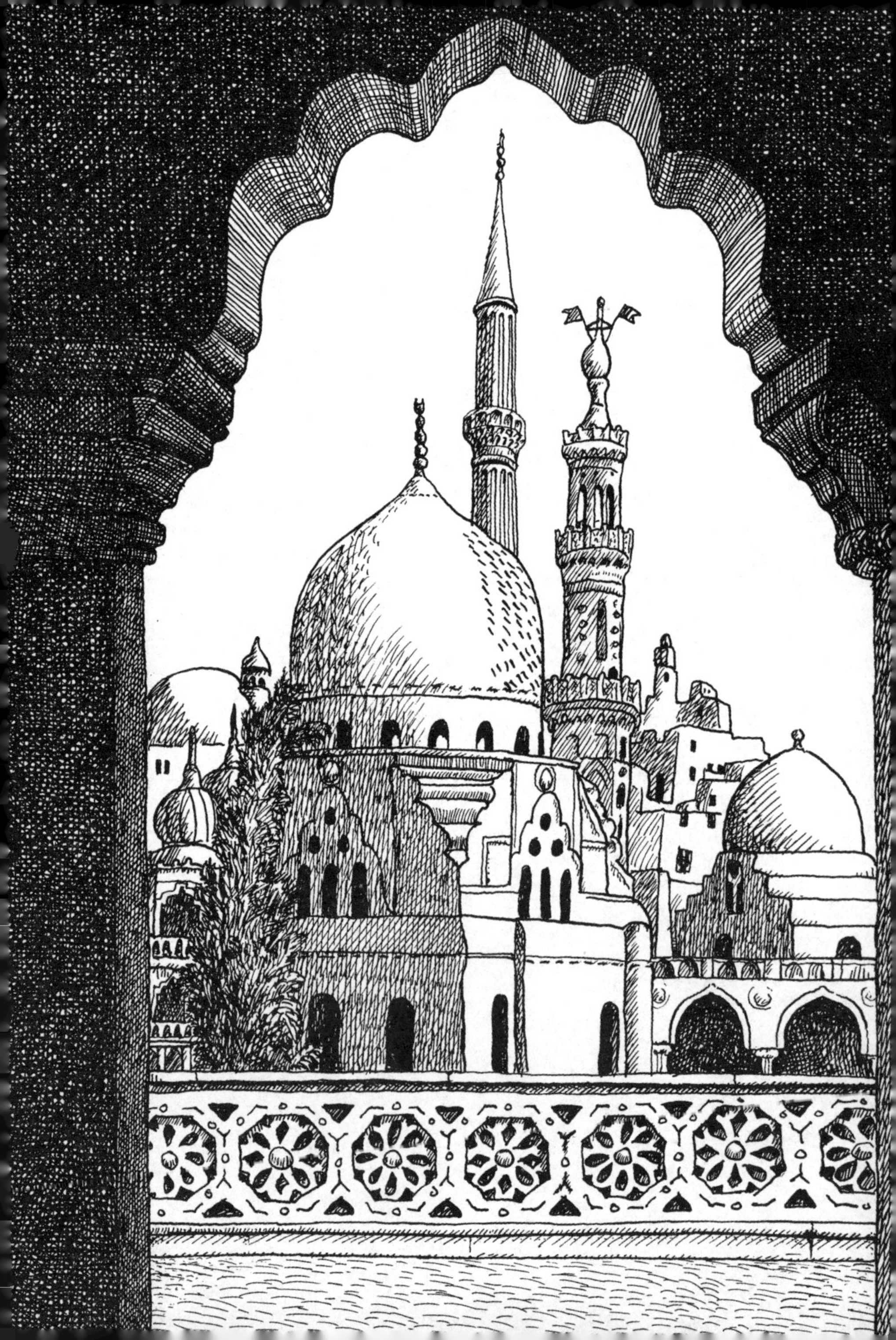

国际大奖小说
德国青少年文学奖特别奖

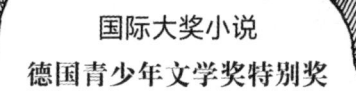

Lippels Traum

寻梦奇遇记

[德]保罗·马尔 / 著绘

李士勋 / 译

天津出版传媒集团
新蕾出版社

图书在版编目 (CIP) 数据

寻梦奇遇记 /(德) 保罗·马尔著绘；李士勋译.
—— 天津：新蕾出版社, 2022.1(2024.1 重印)
(国际大奖小说)
ISBN 978-7-5307-7271-3

Ⅰ. ①寻… Ⅱ. ①保… ②李… Ⅲ. ①儿童小说-中篇小说-德国-现代 Ⅳ. ①I516.84

中国版本图书馆 CIP 数据核字(2021)第 194346 号

Title of the original edition: Lippels Traum
Author: Paul Maar
Illustrator: Paul Maar
Copyright ⓒ Verlag Friedrich Oetinger, Hamburg 1984
Chinese language edition arranged through HERCULES Business & Culture GmbH, Germany
Simplified Chinese translation copyright ⓒ 2021 by New Buds Publishing House (Tianjin) Limited Company
ALL RIGHTS RESERVED
津图登字：02-2020-11

书　　名	寻梦奇遇记　XUN MENG QIYU JI
出版发行	天津出版传媒集团 新蕾出版社
	http://www.newbuds.com.cn
地　　址	天津市和平区西康路 35 号(300051)
出 版 人	马玉秀
电　　话	总编办(022)23332422 发行部(022)23332351　23332679
传　　真	(022)23332422
经　　销	全国新华书店
印　　刷	天津新华印务有限公司
开　　本	880mm×1230mm　1/32
字　　数	140 千字
印　　张	9
版　　次	2022 年 1 月第 1 版　2024 年 1 月第 5 次印刷
定　　价	30.00 元

著作权所有，请勿擅用本书制作各类出版物，违者必究。
如发现印、装质量问题，影响阅读，请与本社发行部联系调换。
地址：天津市和平区西康路 35 号
电话：(022)23332677　邮编：300051

一辈子的书

◎ 梅子涵

◆亲近文学◆

　　一个希望优秀的人,是应该亲近文学的。亲近文学的方式当然就是阅读。阅读那些经典和杰作,在故事和语言间得到和世俗不一样的气息,优雅的心情和感觉在这同时也就滋生出来;还有很多的智慧和见解,是你在受教育的课堂上和别的书里难以如此生动和有趣地看见的。慢慢地,慢慢地,这阅读就使你有了格调,有了不平庸的眼睛。其实谁不知道,十有八九你是不可能成为一个文学家的,而是当了电脑工程师、建筑设计师……可是亲近文学怎么就是为了要成为文学家,成为一个写小说的人呢?文学是抚摸所有人的灵魂的,如果真有一种叫作"灵魂"的东西的话。文学是这样的一盏灯,只要你亲近过它,那么不管你是在怎样的境遇里,每天从事怎样的职业和怎样地操持,是设计房子还是打制家具,它都会无声无息地照亮你,使你可能为一个城市、一个家庭的房间又添置了经典,添置了可以供世代的人去欣赏和享受的美,而不是才过了几年,人们已经在说,哎哟,好难看哟!

谁会不想要这样的一盏灯呢?

◆ **阅读优秀** ◆

文学是很丰富的,各种各样。但是它又的确分成优秀和平庸。我们哪怕可以活上三百岁,有很充裕的时间,还是有理由只阅读优秀的,而拒绝平庸的。所以一代一代年长的人总是劝说年轻的人:"阅读经典!"这是他们的前人告诉他们的,他们也有了深切的体会,所以再来告诉他们的后代。

这是人类的生命关怀。

美国诗人惠特曼有一首诗:《有一个孩子向前走去》。诗里说:

有一个孩子每天向前走去,

他看见最初的东西,他就变成那东西,

那东西就变成了他的一部分……

如果是早开的紫丁香,那么它会变成这个孩子的一部分;如果是杂乱的野草,那么它也会变成这个孩子的一部分。

我们都想看见一个孩子一步步地走进经典里去,走进优秀。

优秀和经典的书,不是只有那些很久年代以前的才是,只是安徒生,只是托尔斯泰,只是鲁迅;当代也有不少。只不过是我们不知道,所以没有告诉你;你的父母不知道,所以没有告诉你;你的老师可能也不知道,所以也没有告诉你。我们都已经看见了这种"不知道"所造成的阅读的稀少了。我们很焦急,所以我们总是非常热心地对你们说,它们在哪里,是什么书名,在哪儿可以买到。我就好想为你们开一张大书单,可以供你们去寻找、得到。像英国作家斯蒂文生写的那个李利一样,每天快要天黑的时候,他就拿着提灯和梯子走过来,在每一家的门口,把街灯点亮。我们也想当一个点灯的人,让你们在光亮中可以看见,看见那一本本被奇特地写出来的书,夜晚梦见里面的故事,白天的时候也必然想起和流连。一个孩子一天天地向前走去,长大了,很有知识,很有技能,还善良和有诗意,语言斯文……

同样是长大,那会多么不一样!

◆自己的书◆

优秀的文学书,也有不同。有很多是写给成年人的,也有专门写给孩子和青少年的。专门为孩子和青少年写文学书,不是从古就有的,而是历史不长。可是已经写出来的足以称得上琳琅和灿烂了。它可以算作是这二三百年来我们的文学里最值得炫耀的事情之一,几乎任何一本统计世纪文学成就的大书里都不会忘记写上这一笔,而且写上一个个具体的灿烂书名。

它们是我们自己的书。合乎年纪,合乎趣味,快活地笑或是严肃地思考,都是立在敬重我们生命的角度,不假冒天真,也不故意深刻。

它们是长大的人一生忘记不了的书,长大以后,他们才知道,原来这样的书,这些书里的故事和美妙,在长大之后读的文学书里再难遇见,可是因为他们读过了,所以没有遗憾。他们会这样劝说:"读一读吧,要不会遗憾的。"

我们不要像安徒生写的那棵小枞树,老急着长大,老以为自己已经长大,不理睬照射它的那么温暖的太阳光和充分的新鲜空气,连飞翔过去的小鸟,和早晨与晚间飘过去的红云也一点儿都不感兴趣,老想着我长大了,我长大了。

"请你跟我们一道享受你的生活吧!"太阳光说。

"请你在自由中享受你新鲜的青春吧!"空气说。

"请你尽情地阅读属于你的年龄的文学书吧!"梅子涵说。

现在的这些"国际大奖小说"就是这样的书。

它们真是非常好,读完了,放进你自己的书架,你永远也不会抽离的。

很多年后,你当父亲、母亲了,你会对儿子、女儿说:"读一读它们,我的孩子!"

你还会当爷爷、奶奶、外公和外婆,你会对孙辈们说:"读一读它们吧,我都珍藏了一辈子了!"

一辈子的书。

如果我们每夜都梦见同一件事,那么它对我们的作用就正如同我们每天都看到的对象是一样的。

如果一个匠人每晚准有十二小时梦见自己是国王,那么我相信他大概就像一个每晚十二小时都梦见自己是匠人的国王是一样地幸福。①

写下以上这几句话的人叫布莱士·帕斯卡尔。

他是一位哲学家,也是一位数学家,生活在17世纪的法国。(世界上第一台机械式计算器就是他发明的。)

帕斯卡尔习惯于把自己的思想、念头和忽然产生的灵感写在小纸片上,以免忘记它们。

他死后,人们在他的住宅里发现了厚厚一摞写满了字的纸片,它们横七竖八地叠压在一起,上面的笔迹辨认起来十分困难。

但是,他的笔记非常值得一读,以至于人们把它们编成了一本书来出版。人们称那本书为《思想录》。

当我读到以上的笔记时,我就设想,假如一个人真的每天夜里都梦见同一件事,那会是什么样子呢?那他究竟还能不能区分梦境和现实呢?

于是,这本书就产生了。

---

① 译文选自商务印书馆 1985 年 11 月第一版《思想录》,帕斯卡尔著,何兆武译。

关于利普尔这个名字	1
隐蔽的读书处	7
爸爸妈妈的旅行计划	14
雅科布夫人前来自荐	23
告别	27

星期一

新同学	30
与雅科布夫人共进午餐	36
意外的发现	45
被发现的藏身处	53
关于做梦人和梦境	60
第一个梦	63

星期二

与雅科布夫人共进早餐	78
在学校里	85
拜访耶施克夫人	90
第二个梦	100

星期三

穆克	113
绘画课	118
短暂的下午	123
第三个梦	130

星期四

一个非同寻常的早晨	161
阿尔斯兰	168
穆克引起的激动	175
一个电话	182
第四个梦	191

星期五

基尼一家	206
耶施克夫人有一个办法	213
第五个梦	220

星期六

短暂的早餐，漫长的午餐	231
耶施克夫人出面干涉	235

星期日

利普尔的书	243
归来	248
故事的结尾	254
结束语	260

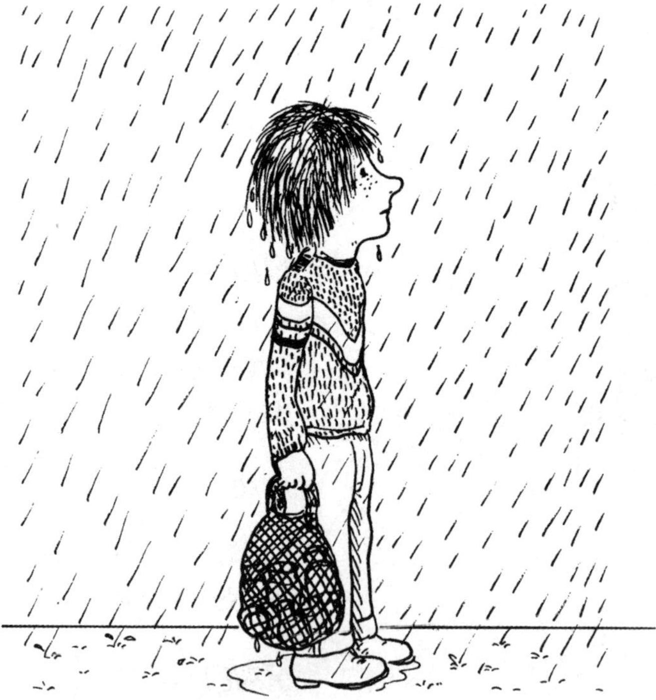

关于利普尔这个名字

这是什么鬼天气呀!

日历上明明写着六月,可天气仍然像四月那样变化无常。

例如,利普尔去给自己和妈妈买酸奶,刚出门时天空还艳阳高照,可还没等他走出三百步,天就猛地下起雨来。

雨下了足足四分钟——大概也就是利普尔跑回家、按门铃、冲进家门、穿上雨衣再重新出门的时间。

利普尔出门后又走了三百步,太阳再次出来了。他不愿意再返回去,于是不得不穿着雨衣,顶着灿烂的阳光去买酸奶。

可如果他在第一次下阵雨时没有立刻转身向家里跑去,而是对自己说:"雨马上就会停的!"那么,万一雨持续了整整一下午,利普尔购物之后回到家时,就会淋得像只落汤鸡一样了。

利普尔的爸爸经常说:"我压根儿就不明白你为什么会那么反感这种天气!这样变来变去挺好的嘛!"

爸爸说得倒是好听！他为报纸写文章，整天坐在家里不出门。

现在，利普尔觉得更困难了。说到底，上午他必须去上学，下午不是去购物，就是去市立图书馆借书（那里的书几乎都是关于东方之国的）。

不过，或许这里需要先解释一下利普尔的名字：

利普尔的爸爸姓马滕海姆，与利普尔的妈妈同姓。所以，利普尔也姓马滕海姆就毋庸置疑了。

至于他的名字嘛，就有些复杂了。

本来,他的父母给他起了个名字叫"菲利普"。这个名字不错。可他们从来不这样称呼他,而是叫他"利普尔"。也就是说,他们把"利普尔"当作是"菲利普"这个名字的简称。

于是,这个男孩一直到六岁都认为自己的名字就是"利普尔"。直到他上了学,到了学校里,他才惊异地发现,他真正的名字其实是"菲利普·马滕海姆"。

后来,当他会写字,班上的其他孩子也都学会认字的时候,他又遇到了一个新的困难:每当他写下自己的名字,别的同学总是会念成"皮利普[①]",因为他们还不知道"Ph"应该发"F"的音。

这还要从美术老师格尔滕先生的那堂课说起。他的课一向是从发作业本开始的。

这位先生冲进教室后,立刻走到柜子前,把一摞作业本拿出来,放在第一排课桌上(那是他最喜欢的学生——艾尔维拉的课桌)。他说:"艾尔维拉,请把作业本发给大家!"然后,他就坐到自己的位子上看报去了。

艾尔维拉吃力地辨认着第一本作业本上的名字,喊道:"莎比

[①] "菲利普"的德文拼写为 Philipp,别的同学误以为"Ph"发"P"的音,即"皮利普"。

娜!"莎比娜便走到前面,领取自己的作业本。

"罗伯特!"罗伯特也走到前面,领取自己的作业本。

"安德列斯!"安德列斯也走到前面,领取自己的作业本。

大家陆续从艾尔维拉那里领走了自己的作业本,直到她喊了一声:"皮利普!"

班上一片寂静。

艾尔维拉又喊了一声:"皮利普!"仍然没有人走出来到前面去。

格尔滕先生发现了班上的异常。他合上报纸,从嘴里取出口香糖,包进锡纸里,再装进自己的夹克口袋。

格尔滕先生不仅是一个爱看报的人,还是一个特别爱嚼口香糖的人。

他进教室的时候,嘴里总是嚼着口香糖。开始上课前,他总是仔细地把口香糖包进锡纸,装进自己的夹克口袋,下课时再把锡纸打开,把口香糖塞回嘴里。高年级的同学说,他这样嚼一块,而且是同一块口香糖已经五年了。但是,这种说法不对。艾尔维拉曾亲眼看到他的口香糖是从一台自动售货机里取出来的,离那堂课的时间还不到三个星期。

格尔滕先生的课不是从打铃开始,而是从发完作业本开始的。因此,他在发现发作业本"突然中断"后,才把报纸和口香糖收起来。

对这一切,利普尔一无所知。他也根本想不到自己会成为"突然中断"的原因。他只是感到奇怪,怎么有人和他一样,也把一张印着扑向消防车的老虎的贴纸贴在了作业本后面。

直到格尔滕先生站起来,厉声说道:"菲利普·马滕海姆,你又在做梦吗?你不想来领你的作业本吗?你想等着别人给你送去吗?"

利普尔大吃一惊,猛地站起来,这才跑到前面领取自己的作业本。

这样一来,利普尔就有了三个名字。

他的爸爸、妈妈,他的几个好朋友,以及叔叔阿希姆,叫他"利普尔"。

他班上的大多数同学叫他"菲利普"。

对于少数几个即使上四年级了还不知道"Ph"发"F"音的同学来说,他叫"皮利普"。

但他自己始终认为自己应该叫利普尔,所以,在这本书里,他也应该被称作利普尔。

隐蔽的读书处

利普尔特别喜欢三样东西：贴纸、水果罐头和书。

其实他还喜欢很多非常特别的东西。但因为它们都和这三样东西有关，所以要首先强调这三样。

比如，他因为喜欢贴纸，所以就爱买牛奶、酸奶和奶油。

也许这一点需要更详细地加以说明。

开始是这样的，利普尔发现家里的阁楼上有三本旧书，一本是《深海奇迹》，一本是《陷阱捕手》，还有一本是《在东方之国》。

在这第三本书里贴有许多大大的彩色贴纸，每一张贴纸下面都有一段简短的文字说明。有的地方贴纸不见了，只留下一块长方形的空白。其中一处空白下面写着："塞西·阿赫梅德对阿萨西纳进行可怕的复仇。"利普尔不得不亲手画上他想象中的复仇场景——让塞西强迫阿萨西纳喝西红柿汤。这就是利普尔能想象出的最可怕的惩罚。

爸爸对他解释说，那是一本类似于贴纸收集册的书，如果买某种巧克力蛋糕，也许就可以得到那种贴纸。

不久，利普尔就发现，那种贴纸可以通过很多途径得到。比如，牛奶包装盒上印着做成硬币图案的、能用剪刀剪下来的积分卡，下面还印着"100个积分就可以兑换令你激动不已的彩色贴纸"。

"激动不已"这个词可太令人激动了。从那时候起，利普尔就开始努力地攒积分卡。他已经快攒到八十分了（精确地说是七十三分）。

这种积分卡不仅印在牛奶的包装盒上,也印在酸奶或奶油的包装盒上。于是,从那时候起,利普尔就格外喜欢去买东西。即使在天气变化无常的时候,他也要去。他会在购物的时候格外注意,绝对不要忘记买牛奶、酸奶或奶油。

利普尔喜欢的第二样东西是水果罐头。他喜欢这样东西其实是因为他喜欢耶施克夫人。

耶施克夫人是一个上了年纪的、胖胖的女人,戴着一副厚厚的眼镜。她是个寡妇,住在利普尔家的斜对面,中间隔了两家人。

利普尔和她相识是因为邮递员疏忽大意,把一封本应寄给耶施克夫人的信错投进了利普尔家的信箱里,是利普尔把那封信给她送了过去。

当时,耶施克夫人家的门开着,利普尔便径直走了进去。耶施克夫人刚吃完午餐,正要把饭后甜点端上来:酸樱桃罐头和满满一匙奶油。

利普尔问她,是否可以让他剪下奶油包装盒上的积分卡。随后,他们就交谈了起来。

耶施克夫人请利普尔吃了一小碗饭后甜点。利普尔热情地夸奖那些樱桃很好吃,以至于耶施克夫人十分惊讶地问道:"我的樱桃真的比你们家的樱桃更好吃吗？"

"我们家根本没有。"利普尔说。

"根本没有？你妈妈不做樱桃罐头？"耶施克夫人继续问道。

"不做，从来不做。"利普尔说着，吐出一粒樱桃核儿，"可能她根本就不知道怎么做。"

利普尔意识到这句话可能会让耶施克夫人对他妈妈产生不好的印象，于是赶快补充道："不过她会给我们的中央供暖通风！"

"嗯，这也很重要。"耶施克夫人说。接着，他们俩又吃了一碗饭后甜点。

自那以后，利普尔就经常去拜访耶施克夫人。只要他来，耶施克

夫人就很高兴，有时候给他水果罐头吃，有时候给他积分卡。也就是说，现在耶施克夫人也在帮他攒积分。

当然，这里必须指出，利普尔去拜访她可不仅仅是为了水果罐头和积分。他很喜欢她，并且愿意和她聊天儿，就同耶施克夫人也喜欢他并愿意和他聊天儿一样。

他对自己喜欢的第三样东西——书，也是这样。因为他喜欢书，所以爱读书。他最爱一口气把一本书读完。

因为他爱读书，所以他喜欢熬夜，熬得越久，读书的时间就越长。

因为他喜欢长时间熬夜，所以他就经常躲在二楼的楼梯下面。那里是利普尔的藏身处。

马滕海姆一家住在一幢独立的小楼里。利普尔的爷爷奶奶在移居澳大利亚之前就住在这幢房子里。

利普尔的房间在二楼，房门正对着楼梯。令人烦恼的是那扇门上有一块细长的毛玻璃，由此一来，爸爸妈妈总是能知道他是否已经关灯。他们甚至连楼都不用上，站在下面的过道里就能一眼看到。

每当利普尔决定上床之后再看一两个小时的书，不出一刻钟，妈妈就会开门进来，说："利普尔，利普尔，利普尔！你怎么又开灯了

呢？现在该睡觉了，明天早上还要上学呢！"

然后，她会一边抚摸着他的头发，一边等待着，直到他把书塞到床底下，才关上台灯，起身离开。

有一段时间，他试图趴在被子底下用手电筒看书。可是，这个姿势很难受，也很麻烦：他不得不一手拿书，一手拿手电筒，一页看完之后，却没有多余的手去翻页。

所以，利普尔最后就找到了这个藏身处。这个地方像一个壁柜，是利普尔的爸爸在二楼通向楼顶的楼梯下面特意建造的。这个像壁柜一样的小屋，屋顶是一个斜面，所有平时用不到的、碍手碍脚的东西都存放在这里面，比如油漆罐、酸黄瓜、空纸盒和整筐的汽水。

小屋里也有灯。每天晚上，当利普尔睡前去上厕所（胳膊下面当然要夹着一本书）回来的时候，他没有向右拐回自己的房间，而是向左拐，轻轻地打开小屋的门，走进去把灯打开。然后，他从里面轻轻地关上门，坐在折叠起来、等待夏天来临时再打开的旧橡皮艇上，开始读起书来。

过一会儿，他会听见爸爸在楼下过道里悄悄地对妈妈说："利普尔屋里黑了，他睡了！"然后，他们就回客厅去了。

利普尔在这个隐蔽的藏身处度过了许多个舒适的夜晚。他读书的时候,渴了就喝汽水,这期间有好几瓶汽水被他喝掉了。(那一筐汽水就在他腿边,他想喝时伸手拿过来就能喝,连站起来都不用。)

在爸爸妈妈就寝之前,他也总能及时地回到自己的房间。他知道他们在睡前还会悄悄地进入他的房间再看一眼。

就这样,他这个隐蔽的藏身处至今尚未被发现。

利普尔的爸爸只是感到有些奇怪,怎么不到五天就要再买一筐汽水。他说:"不知道为什么,这事有点儿不对头!"

爸爸妈妈的旅行计划

刚好在这个时候，也就是迄今为止我们所说的"天气变化无常""利普尔已经攒到将近八十分（精确地说是七十三分）"以及"他找到了楼梯下面的藏身处"的时候，利普尔的父母决定要让利普尔单独生活一个星期。利普尔觉得这件事对他们来说肯定是一件特别开心的事情，因为他们十分迅速地就做出了决定——去维也纳旅行时不带他。

他的父母对天发誓，说他们从来没有想过不带他去。他们装出一副因不能带他去而真的感到非常、非常遗憾的样子。

利普尔则表现出一副根本不相信他们的话的样子。如果他们真的很想带他去，那么他们至少应该感到内疚！

那天的事情是这样的：

当天下午，利普尔又去买东西，一路上被淋成了个落汤鸡。他回家后，正要把冰箱里的三盒旧牛奶推到后面，以便给几盒新买的牛奶、酸奶和奶油腾地方时,爸爸来到厨房,一本正经地说道:"利普尔,我要和你谈点事情。"

"你是想说牛奶的事情吗?"利普尔说,"牛奶不是很酸,只是有点儿稠! 如果我们把两碗牛奶直接兑……"

"什么牛奶?"爸爸不解地问。

"啊,我说的是客厅柜子上面的牛奶。"利普尔说。

"不,我不是要和你谈牛奶的事!"爸爸说着,脱掉了利普尔身上的雨衣,挂在椅子背上。

"那是谈汽水的事吗?"利普尔心虚地问。

"也不是汽水的事。是关于维也纳。我要和你谈谈维也纳的事情。"

"那我宁可谈巴格达。"利普尔松了一口气,说道,"我知道很多关于巴格达的事情,《在东方之国》那本书里什么都有,比如塞西·阿赫梅德……"

"利普尔,你听我说,在维也纳有一个会议,你妈妈要去那里参加会议。"

"什么会议?"利普尔问。

"很多人要在那里讨论重要的事情。无论如何,对于你妈妈来

说,那些事情很重要。"

"关于老教堂和绘画之类的事情,对吗?"

"完全正确!"

"妈妈也发言吗?"

"是的,她要发言。"

"会议要开多长时间?"

"一个星期。"

"哦,这么说来,这一个星期家里只有我们俩了。"利普尔说,"那就会比家里有三个人时少喝一些牛奶了。"

"不,利普尔……你知道……"

"什么?"

"我打算和你妈妈一起去维也纳!"爸爸松了一口气,要说的话终于说出来了。

"那我呢?"利普尔不知所措地问道,"我不跟去吗?"

"可惜不行。你得上学。"

"你们可不能让我自己一个人过整整一个星期呀!"利普尔愤怒地说,"你是不是在开玩笑?"

"这期间会有人来家里照顾你。"

"谁?"

"我们还不知道。但我答应你,只有找到一个你喜欢的人,我们才去。"

"你们不能让我和一个陌生人住一个星期之久!"利普尔抗议道。

爸爸叹了一口气。

"你能理解吗,利普尔?"爸爸问,"当你妈妈做报告的时候,我很想在场。"

"我也想在场。"利普尔说。

"你知道吗,我还从未去过维也纳……"

"我也没去过!"利普尔说。

"是的,但你才十岁,而我已经三十八岁了。"爸爸说,"你要好好想想,也许你会想通的。"

"不会!"利普尔说着,走出了厨房。

几天之后,妈妈也试图说服他。

"利普尔,"她说,"你可是我的好儿子,一个真正的大男孩,对不对?"

"因为你要和我谈维也纳的事情才这样说。"利普尔回答。

这确实是原因之一。

"我们俩已经报了名。"妈妈说。

"我们俩?!"利普尔问道,"什么时候?"

"不,是你爸爸和我,我们俩。"妈妈说,"我们俩去维也纳开会。你爸爸已经和你谈过了。"

"那我呢?"利普尔生气地问,"你们要我在这里饿死吗?"

"我们不在家的时候,会有一个人来为你做饭,照顾你。"妈妈说,"你肯定不会饿着。冰箱里有许多酸奶,你可以每天吃四罐。不会让你饿肚子的。"

"那个人是谁?"利普尔问。

"爸爸的报社有一个女秘书,她有一个姐姐,她姐姐的一个好朋友正好失业。她会来一个星期,就住在咱们家。"

"来帮忙吗?"

"不,我们当然要付她工资。"妈妈说,"我们已经邀请她下星期天来家里喝咖啡。这样你们就可以先认识一下了。"

"她叫什么?"

"雅科布夫人。"妈妈说,"你同意她下星期天来咱们家吗?"

"我不知道。"利普尔犹豫不决地说。

"这样的话,星期天你就可以多买一盒奶油。"妈妈微微一笑,说道,"一盒奶油正好够我们三个人吃。但那天是四个人……"

"那好吧,我不反对她来。"利普尔说,"这样我也可以趁机观察观察她。"

利普尔很想知道耶施克夫人对这件事的看法。

但他不好意思直接去问她。他反复考虑该怎么对她说这件事。终于,他想出了一个办法,于是立刻向斜对面的耶施克夫人家跑去。

"耶施克夫人,"他在大门口就大声叫道,"耶施克夫人,我能问您一个问题吗?"

"问我?!"耶施克夫人惊讶地说,"当然可以。快把你那湿淋淋的雨衣先脱下来,坐下喘口气!是什么问题呀?"

"关于一个孩子。"利普尔说,然后又立刻补充道,"但不是一个真的孩子,是一个虚构的孩子!"

"我不明白。"耶施克夫人说,"这是个谜语,对吗?"

"不完全是。"利普尔说。

"好,那就问吧!"耶施克夫人扶了扶自己的眼镜。她每次听到什么好奇的事情时就会这样做。

利普尔问:"如果有一对父母,他们让孩子自己一个人待着,你说他们到底喜欢他吗?"

"他们让他一个人待着?"

"对!"

"哦,我明白了,他们把他丢到树林里了,是吗?"

"不,不,他们把他留在家里。"

"原来如此。我还以为你说的是《格林童话》里的亨泽尔和格蕾特呢。这比我想象的复杂多了……他们把他留在家里,他们要永远离开他吗?"

"不,只离开一个星期。"

"他们到哪儿去了?"

"到维也纳去,去参加一个会议。"

"没有人留在孩子身边吗?"

"有,雅科布夫人!"

"那个人是谁?"

"她是一个人的姐姐。那个孩子是我……是那个孩子父亲的熟人。"

"如果这一切像你说的那样,那么我可以告诉你,那对父母很喜欢自己的孩子。"耶施克夫人说道,"一个星期很快就会过去,那个男孩可以每天去拜访他的女朋友。"

"他还没有女朋友。"利普尔一边说,心里一边想,耶施克夫人怎么知道那个孩子是一个男孩?

"我想,他大概认识一个邻居老太太。"

"对,就是这样。"利普尔很满意,然后便回家了。

雅科布夫人前来自荐

星期天下午,雅科布夫人来了。见面的时候,她双手抓住利普尔的一只手,久久不愿松开,所以利普尔不得不长时间站在她面前。

这时候,她说道:"这就是我们的小菲利普,对吗?我们俩肯定、肯定能够和睦相处。我可以十分肯定地这样说。我将非常高兴在这儿度过一个星期!"然后,她松开了利普尔的手,坐下来,看着咖啡桌对利普尔的妈妈说道:"太诱人了!这是您自己烤的还是买的?"她指的是蛋糕。

"既不是我自己烤的,也不是买的。"利普尔的妈妈说着,也在桌边坐了下来。

"是爸爸烤的,我打的下手。"利普尔骄傲地解释道。雅科布夫人立刻接着说道:"这太——诱人了!"(她说那个"太"字的时候,总是拖长声音。)

利普尔坐到她对面,这样可以更好地观察她。

他觉得,她看起来有点儿像电视台的播音员。她穿着一件绿色的衬衣,围着一条绿色的围巾,围巾上别着一枚胸针。胸针上的宝石也是绿色的,和她的耳环一模一样。她那头金黄色的头发梳得很整齐。她总是挺直身子坐着,上身几乎一动不动。她微笑时,牙齿会以一种奇怪的方式显露出来,原因可能在于她的上牙有点儿凸出。也许正因为如此,她很少笑。

利普尔估计,这个女人和他妈妈的年龄差不多。

喝咖啡的时候,除了刚才说的"太"字拖得很长之外,她还有一个偏爱的表达方式,那就是"不,谢谢"。

当爸爸端给她一块蛋糕的时候,她说"不,谢谢";当妈妈把糖罐递给她的时候,她说"不,谢谢";当利普尔问她要不要加奶油的时候,她也说"不,谢谢"。

最后,她还是被爸爸说动,吃了很小很小的一块蛋糕。

不过她没有吃奶油,这让利普尔有点儿生气。

喝完咖啡之后,爸爸妈妈领着雅科布夫人看了他们的房子,讲了厨房的电器怎么使用。

至少他们试图这样做。

雅科布夫人虽然常常使用"哦,是吗",有时候也蹦出一两次"真漂亮",但她的表情让人觉得她好像并没有完全理解。

利普尔的爸爸特别喜欢买新的厨房电器,这是他的一个爱好。妈妈常常开玩笑说,他把钱都浪费在意大利的搅拌机、美国的榨汁机、电动沙拉甩干机上了。如果不是妈妈也挣钱,他们家早就破产了。

最后,雅科布夫人告辞了。当她离开之后,爸爸妈妈面面相觑,半天都没有说话。

"我不知道……我不知道……"妈妈终于开口说道。

"你不知道什么?"利普尔问。

"不知道对你来说,她是否合适。她有点儿装腔作势,有点儿……"她在想一个更恰当的词。

"……像喜剧电影里的反派。"利普尔说。

"……有点儿不真诚。"爸爸同时补充道。

"对,可以这样说。"妈妈赞同爸爸的说法。

"令人感到遗憾的是,她好像没有和孩子相处的经验。"爸爸说,"我认为我们不能接受她。我们不能让利普尔受苦。"

"那是肯定的。可是,在这么短的时间内我们找不到别人了!"妈妈愁眉苦脸地说。

"那我就不和你一起去了。"爸爸坚决地说,"也许下一次维也纳之行马上就会到来,也许我们可以三个人一起去度假。"

"不,你真的不需要这样。"利普尔说。

"你什么意思?"爸爸问。

妈妈惊讶地望着利普尔。

"你们安心地去,我可以和雅科布夫人好好相处的。不就是一个星期吗?此外,我还可以每天去找我的'女朋友'耶施克夫人。你们俩就一起去吧。"利普尔慷慨地说道,"再说,我也不是小孩儿了!"

告 别

爸爸妈妈星期一上午十点钟出发。那个时候,利普尔已经在学校里了。

这天早晨,他们三个人都比平时早起了一刻钟,这样爸爸妈妈就可以有时间和利普尔平静地告别了。而告别的内容就是在利普尔用小勺吃酸奶的同时,爸爸和妈妈交代了一大堆要注意的事项和给他的一些建议。利普尔把酸奶的盖子装进了裤兜里。他觉得在爸爸妈妈和他告别时用剪刀剪下积分卡有点儿不合适。

他听到的大多数建议都是要好好刷牙、洗脸、洗衣服之类的话。利普尔认为,记住这些事情,负担太重,对脑子不好,所以,他转眼就把这些话全都抛到了脑后。

他自己认为值得注意的事只有三件:

应急的钱放在五斗橱上面的小木盒子里;

在紧急情况下,他可以往爸爸妈妈在维也纳住的旅馆打电话,写着电话号码的纸条就放在电话机旁边；

雅科布夫人来的时候，他还在学校里，等他放学回家时，她就已经将午餐做好了，这都是爸爸妈妈和她约定过的。

最后，爸爸妈妈再次拥抱了利普尔，他也拥抱了他们。然后，他就不得不上学去了。

星期一

新同学

利普尔总是一个人去上学。迄今为止,这对他没有什么影响。他班上的同学没有一个和他住在同一条街道上。

但是今天,他希望能有一个人和他一起在上学的路上聊聊天儿。

他慢慢腾腾、情绪低落地沿着大街向前走着。告别令他有些难过,还有些孤独。不过,他一到学校就把这些忧思全忘了,因为他的班主任老师克劳波夫人迟到了将近十分钟,平常她总是很准时的。而且,她不是一个人来的,她还带来了两位新同学——一个黑头发的男孩和一个小女孩。要知道,现在可是学期过半了!

他们俩站在教室前面,克劳波夫人的旁边,窘迫地低着头看着地面。

克劳波夫人看了看班上的同学,等大家安静下来后才说道:"这两位是新来的同学。他们是亲兄妹。从现在开始,他们就是咱们班的成员了。"

然后,她转头对这两位新同学说:"也许你们可以自己报一下名字。"

小女孩低着头靠近哥哥,小声说了句什么。哥哥摇了摇头,继续低着头。

全班同学都好奇地等待着,但两位新同学都没有吭声。

"好了,那我来介绍一下你们的名字吧。"克劳波夫人很快说道,"如果我说的重音不对,你们可以纠正。"

她把一只手放在男孩的肩膀上。男孩抬起头看着她。"这是阿尔斯兰。"她说道。男孩点点头。

"这是哈米德。"小女孩也点点头。但她仍然低着头。

"现在,我们必须先为他们俩找到座位。"克劳波夫人说着,巡视了一下整间教室,"菲利普,你那张桌子只有你一个人。如果你向右边挪一下,阿尔斯兰就可以坐在你旁边了。哈米德也挨着哥哥坐下。这样的话,阿尔斯兰听不懂的时候,她可以为他做翻译。"

当他们坐到利普尔身边的时候,艾尔维拉举起手,好奇地问道:"克劳波夫人,他们是外国人吗?"

"他们是土耳其人。阿尔斯兰出生在土耳其。哈米德出生在德国,和你们一样。"克劳波夫人回答。

"他们是双胞胎吗?"吴丽问道。

"这怎么可能呢?他出生在土耳其,而她出生在德国!当然不是双胞胎,阿尔斯兰大一岁。"

"那他们俩为什么在同一个年级?"

"因为阿尔斯兰说不好德语,不能像哈米德那样自如交流。"克劳波夫人回答。

"如果他大一岁,那他为什么说不好德语?"芭芭拉想知道原因。

"他一年前才从土耳其来到德国。"克劳波夫人耐心地解释说,"如果你们还有问题就自己去问,但不是现在,是在课间休息的时候!"

她开始上课了。别的同学不再提问。

利普尔从一旁望着这两个新同桌。

"你根本不懂德语吗?"他小声问道。

阿尔斯兰摇摇头。

利普尔不知道他摇头是什么意思,于是他又问了一遍,但这次问的是"你懂德语吗"。

阿尔斯兰点点头。

"那你为什么一声不吭?"利普尔继续问道。

阿尔斯兰在书包里摸索着什么,好像没有听见这个问题似的。

"为什么你到现在才来上学?为什么在学期中间?"利普尔又小声问道。

回答他的是哈米德。"我们的爸爸因工伤去世了。"她小声说道,"所以我们不得不搬家。我们是从辛格尔芬根来的。"

"辛格尔芬根?"利普尔问。

"对,在波普林根附近。"因为她发现利普尔对这个地名没有什么特别的印象,所以又解释说,"那个地方很美!"

"原来是这样。"利普尔说着点了点头,虽然他既不知道辛格尔芬根在哪儿,也不知道波普林根在哪儿。

因为阿尔斯兰坐在她和利普尔之间,为了能看见利普尔,哈米德将身子向前倾了倾,问道:"你叫什么?"

"利普尔。"他小声回答。

她是第一个没有立刻继续追问"你叫什么""这是一个什么名字""你真的叫这个名字吗"这些问题的人。她重复了声"利普尔",点了点头,好像她觉得他理所应当叫这个名字似的。

利普尔又侧身看向自己的同桌。"你究竟为什么不说话?"他重复了自己的问题。

哈米德再次替哥哥回答:"他生气了,因为他不得不离开那里。他不愿意到新的班级来。他不愿意到……"

阿尔斯兰用土耳其语小声对妹妹说了句什么,听起来带着责备的口气。于是,哈米德一句话刚说了一半就停住了,随后,整个上午都没再和利普尔说话。

利普尔想,也许阿尔斯兰受不了自己的追问,感到受了伤害。于是,他稍微挪开了一点儿,也不再和他们俩说话了。

中午十二点下课以后,阿尔斯兰从书包里掏出三块糖果,一块给了哈米德,自己剥开一块,把第三块递给了利普尔。

"给我吗?"利普尔惊讶地问道。

阿尔斯兰点点头,专注地看着利普尔剥开糖纸,把糖果送进嘴里。

"谢谢,味道很好。"利普尔一边嚼着一边说。阿尔斯兰再次点点头,然后就和他妹妹一起走出了教室。

利普尔注视着手中的糖纸:乍看上去十分一般,红纸上印着绿点儿,但上面的字却是一种他不认识的文字。

毫无疑问,这是土耳其语。

也就是说,这是一张产自土耳其的水果糖糖纸。

他把糖纸仔细地叠好,装进裤兜里。这样的东西——一张从土耳其来的糖纸,可不是每天都能得到的。

与雅科布夫人共进午餐

利普尔放学回到家的时候,诧异地在大门口站住了,因为他听见有人在客厅里说话。咦,难道爸爸妈妈没有走成吗?

他快步走到客厅门口,推开门,只见雅科布夫人正坐在单人沙发里打电话。显然,她正在和电话那一端的人描述马滕海姆家的客厅。

"四个单人沙发和一个旧的皮沙发。当然很不协调……糊墙纸吗?他们根本没有……对,真的。只有白色的墙壁,墙上挂着几张十分奇怪的画,全是那种现代派的东西。他们没有窗纱。你能想象吗,母亲,根本没有窗纱……是的,肯定是这样……"

"窗纱只会使室内变暗!"利普尔在门口说道。(他总听妈妈这样说。)

雅科布夫人大吃一惊,转过身来。

"啊,你回来了,菲利普。"她说道,然后勉强微笑了一下,电话听筒还拿在手里。

"你先去厨房,把桌布铺好,摆上盘子、刀叉!"她命令道,"我马上来。午餐马上就好。"

利普尔走进厨房。与此同时,雅科布夫人还在客厅里继续打电话。

"我必须马上结束谈话,母亲,那男孩已经回来了。"他听见她在那边说道。但是,显然雅科布夫人的母亲还不想马上挂电话,因为雅科布夫人仍然把听筒贴在耳朵上,不时地说一句"是的,母亲"或者"不,母亲"。

利普尔把两个盘子摆好,坐在椅子上充满期待地等着。客厅里仍然传来"是,母亲""不,母亲"的声音。利普尔不知道自己拿的盘子对不对,是该拿汤盘还是该拿平盘,因为雅科布夫人也没说中午到底吃什么。

他站起来,走到电磁炉灶跟前,想看看雅科布夫人做的是什么饭。

在第一口锅里,翻滚的水上漂浮着宽面条儿。

还不赖。

他掀开第二口锅一看,吓得立刻盖上锅盖——里面是西红柿汤。

西红柿汤,这是人的大脑能够想出来的最丑陋、最恐怖、最令人讨厌的午餐了!

利普尔愤怒地转过身,离开厨房,把自己关进了厕所里。他坐在门后面的地毯上等待着。雅科布夫人应该会立刻过来和他谈判(他妈妈总是这样做的),而他将拒绝出来,以此表明他受到了多么大的伤害。

他等了一刻钟,却并没有人过来请他出去(待在这里面也很无聊)。最后,他不得不自己站起来,按了一下冲水马桶,打开厕所门,回到了厨房。

雅科布夫人已经坐在厨房的饭桌边,嘴里在吃着什么。她把盘子推到一边,吃着盛在小碗里的又白又红的东西。桌子上摆着面条儿,旁边还有一小碗沙拉和一小碗西红柿汤。

"哎,时间够长的。"雅科布夫人说道,"祝你胃口好!你用肥皂洗手了吗?"

"西红柿汤!"利普尔用充满责备的口气说道,"我爸爸没有告诉您,我们都不喜欢喝西红柿汤吗?"

"是的,他说了。"雅科布夫人回答,"但这不是西红柿汤。这是西红柿沙司。"

"还不都一样!"利普尔恼怒地说。

"如果都一样,那就不会有另一个名字了。"雅科布夫人一边解释,一边给他盛了满满一盘宽面条儿,"这一碗就是沙司,明白吗?"

她将一把大汤匙伸进沙司碗里,要将沙司倒在利普尔的面条儿上。

"不,不要!"利普尔大声喊道,同时把盘子猛地挪开。

"菲利普,你太——不听话了!"雅科布夫人说道,"我差一点儿就把沙司倒在桌布上了!把你的盘子拿过来!"

"不，我不！"利普尔绝望地说，"我不吃那个！"

"那我可就白做了。"雅科布夫人像受辱了一般说道，"刚一开始就这样！你不吃，你父母将指责我，说我让你挨饿。"

"我可以吃面条儿和很多沙拉。"利普尔建议道。

雅科布夫人一脸受委屈的样子，扭头看着别的地方，对他的建议不予理睬。于是，利普尔就在盘子里雪白的面条儿上堆了一堆绿色的沙拉，开始吃了起来。

他刚把第一片沙拉菜叶塞进嘴里，马上就知道雅科布夫人一定放了很多糖。沙拉很甜。

他把菜叶嚼了很久才费力地咽了下去。

然后，他小心翼翼地问道："我……可以洗洗我的沙拉吗？"

"洗洗？"雅科布夫人好像没听清似的问道，"你认为我没有洗菜吗？你是不是想说，这个沙拉不干净？！"

"不，不。"利普尔赶快说道，"是它的味道很奇怪……很不寻常。"他又纠正了自己的说法："它太甜了！"

"那是因为放糖了。"雅科布夫人解释说，"你们做沙拉难道不放糖吗？"

"不放，从来不放。我们吃的沙拉味道始终是酸的。"利普尔肯定地说。

"好吧，下次我做沙拉会做成酸的。但它不能再洗了，那样做太荒谬了。"雅科布夫人强调说，"我认为你被惯坏了。你属于那种认为别人怎么做都不对的孩子。不，这样可不行！我可不想因为小主人觉得什么都不好吃就每天做好几次饭！如果你觉得沙司和沙拉不合口味，那你就光吃面条儿好了！你要是非洗不可，那也行！难道你们总是吃没滋没味的东西吗？！"

利普尔没有回答。雅科布夫人也没有再说话。就这样，利普尔默默地把沙拉拨到盘子边缘，吃起面条儿来。这期间，雅科布夫人把她小碗里的东西都吃光了。

"您吃的是什么东西?那也不是西红柿沙司。"利普尔说,同时不高兴地戳着他的面条儿。

"我吃的是酸奶。如果你想知道详细内容,我可以告诉你,这是覆盆子酸奶和苹果酸奶的混合。"雅科布夫人说,"我和你不一样,我必须注意自己的身材。面条儿会使人发胖。"

"您吃了我家冰箱里的酸奶?"利普尔问道。

"是的。怎么了?我不可以吃吗?"雅科布夫人问。

"您把盖子扔到哪儿去了?"利普尔激动起来。

"什么盖子?"雅科布夫人问。

"酸奶盒上的盖子!我要积分!"利普尔喊道。

"什么积分?"

"盖子上的积分!盖子哪儿去了?"

"哦,你说的是酸奶盒子上的密封盖吗?对不起,我扔到垃圾桶里了!"雅科布夫人回答,"我可不知道那上面还有什么积分。"

利普尔放下面条儿,跳起来,跑到垃圾桶那儿,在厨房垃圾中寻找着他的积分。

"你要干什么?呸!你疯了吗?"雅科布夫人大声喊道,同时也跳起来,试图把利普尔从垃圾桶前拉开。

这时，利普尔已经找到了那两个盖子，它们粘在面条儿的包装袋下面。利普尔用面条儿的包装袋把盖子上的残余酸奶刮掉，在雅科布夫人从他手里夺去之前，飞快地把两个酸奶盖子装进了自己的裤兜里。

"菲利普，立刻把垃圾掏出来！"雅科布夫人激动地大声说道。

"这可不是垃圾。"利普尔试图解释，"这只是……"

"别废话！立刻把口袋掏空！立刻！把那些脏东西掏出来！"

利普尔把手伸进裤兜，掏出里面的所有东西：今天早晨存下的带积分的酸奶盖子、阿尔斯兰给的糖果的糖纸，还有刚才从垃圾桶里找出来的酸奶盖子。

但是，他还没来得及分出刚刚从垃圾桶里找出来的两个盖子交给雅科布夫人，她就一把夺去他手中的全部东西，撕碎，揉成一团，然后丢进了垃圾桶。

"好了，现在马上去洗手，听见了吗？"她喊道，"我的天哪，真恶心！厨房里的肥皂在哪儿？"她的脸因激动而变得通红。

"真可恶！"利普尔同时喊道，"您把所有的东西都扔了！那可是土耳其的糖纸，还有今天早晨的积分！并不是所有的东西都脏！您撕掉了三分，三分呀！"

"你到底洗不洗手?"雅科布夫人歇斯底里地喊道,"洗你的手指头!"她把利普尔推到洗手盆边,用细长的手指拧开水龙头,首先洗了自己的手。

然后,她摆出一副几欲作呕的模样,抓过利普尔的手送到水柱下面冲洗,同时十分小心地尽量不让自己的手指沾上糟糕的细菌。

直到水把利普尔的手指缝都冲洗得干干净净,她才渐渐平静下来。

"小孩子怎么能变成这样的邋遢鬼?!"她一边说,一边用擦碗布揩干利普尔的手,"现在,重新坐下来,接着吃吧!"然后,她像是要和他和解似的补充道:"你可以用黄油拌面条儿,这样面条儿就不那么干了。"

"不,谢谢。我不饿了。"利普尔说完,留雅科布夫人一个人站在厨房里,转身上楼,回到自己的房间,倒在自己的床上。

他把两只手交叉枕在头下,凝视着天花板:"三分!她把三分都扔掉了!"

他余怒未消。他决定下午去找耶施克夫人,把这一切讲给她听。她一定能理解他的心情。再说,她也攒积分,知道攒够一百分需要多久时间。

意外的发现

一想到耶施克夫人,利普尔的情绪就平静下来了。他的怒气渐渐消散。现在,他几乎已经觉得没有吃完面条儿有些可惜了。

他侧身躺着。这时,他听见平铺的被子下面有什么东西在簌簌作响。

他坐起身,掀开被子,发现床上有一张纸。纸上写着:

嗨,利普尔,晚上好!

这显然是爸爸的笔迹!是爸爸留下的一封信!他本应该在晚上睡觉时才发现它的。

但是他现在已经发现了它。反正看了也不会有什么坏处,他激动地读了下去:

我们不在的第一天,你过得怎么样?一定不至于像你想象的那样糟糕吧。

"难道你预感到了……"利普尔自言自语,并继续读下去。下面只剩下一句话：

我打赌，现在你正向花瓶里看呢！

没有问候，也没有告别。真奇怪！爸爸说的是什么花瓶呢？利普尔的房间里只有一个花瓶。它就在窗台上。

利普尔跳下床，拿过窗台上的花瓶，把它倒过来。一个纸卷从里面掉了出来。利普尔打开纸卷，纸上写着：

我赢了吧？夜宵在你的浴衣口袋里。吃完以后可要刷牙哟！此外，你现在明白房间里为什么比平时更暗了吧？晚安！你的爸爸。

利普尔在自己的浴衣口袋里摸索着，手碰到了一个方形的、硬硬的东西。他拿出来一看，原来是一块巧克力——坚果奶油巧克力，他最爱吃的那一种！

他剥开巧克力的锡纸，掰了一小块放进嘴里。

然后，他又躺回了床上。但这一次，他不再感到愤怒了，而是正相反！

爸爸说的"房间比平时更暗"是什么意思呢？房间里和平常一样明亮啊，本来每天下午时也都是这样。

啊，对了，这本应是我晚上才会发现的信息！那时候天就黑了，当然要开灯！于是，利普尔再次跳下床，打开了顶灯。那是一盏吊灯，像一个口朝上的大碗从天花板上垂下来。在那个"碗"里有一个黑乎乎的、方形的东西，灯一开，可以透过白色的玻璃灯罩看得清清楚楚。

利普尔站到写字台上，伸手从灯碗里拿出了那个不知道是谁放到里面的东西。啊，原来是一本书，一本袖珍书！书名是《一千零一夜》，扉页上写着"一本引人入胜的故事集"。

利普尔第三次在床上躺下。他先掰了一块巧克力放进嘴里，然后把书打开。一张纸条从书里掉了出来，纸条上的笔迹是妈妈的：

亲爱的利普尔,这是一本适合你阅读的书!我找了很长时间才找到这本关于东方之国的书。希望你喜欢它!但你必须答应我,半个小时之后熄灯睡觉,好吗?

"好的,一言为定!"利普尔说着,咯咯地笑起来,"我坚决保证,半个小时之后就熄灯。"顶灯还亮着。半个小时之后,他会起来把灯熄灭,然后重新躺下,继续读到晚上。

你真是个好孩子!好好睡觉!妈妈给你一千零一个吻。

利普尔把纸条夹到书后面,又吃了一块巧克力,然后开始翻起书来。

书里面有许多故事,所有故事都是由一个叫山鲁佐德的女子讲述的。那些故事常常是这样结尾的:"这时候,山鲁佐德发现天快亮了,就停止了她的讲述。"

当下一夜来临的时候,比如第五百二十夜、第五百七十夜或者第六百夜,她又开始继续讲述。

故事集中的每一个故事标题都相当令人期待:《航海家辛巴达的故事》《狡诈女人的故事》《国王和他的儿子》……

利普尔决定先看《蛇女王的故事》。他又吃了一块巧克力,在枕头上找到舒服的位置躺好,然后就开始读了起来。

但是,他房间的门没有关。雅科布夫人正在往里看。

"简直让人忍无可忍!"她生气地说,"现在我知道你为什么不饿了。西红柿沙司不好吃,沙拉太甜,面条儿太咸。但是,巧克力好吃!你当然不吃午餐了!而我却要在厨房里站几个小时给你做饭!"

利普尔坐起来,把书放到一边。他觉得她的话有些过分。巧克力本来是为晚上准备的,并不是他故意要在午餐后吃的。可他该怎么解释这一切呢?

"大白天你为什么开灯?"雅科布夫人责问道,同时把灯关了,"天很亮,为什么要浪费电?"

"我本来是要把灯关上的。"利普尔表示歉意,"半小时后关,我保证过的。"

"保证?"雅科布夫人问,"向谁保证?"

"向我妈妈。"

"你向她保证什么?"

"保证关灯啊,保证我在半小时之后会关灯。"利普尔试图给她解释。

"你是不是在戏弄我?!"雅科布夫人愤怒了,"亲爱的孩子,我可是好心好意来这里照顾你的!尽管你的父母给我的报酬不怎么高,

但我决不能容许一个娇生惯养的孩子不把我放在眼里!你必须立刻把那本书交给我,然后坐到你的桌子那儿去!我答应过你的父母要监督你做家庭作业,这才是一个真正的保证,你懂吗?不是编造出来的保证!"

"但我的保证是真的!"利普尔肯定地说,"我没有在戏弄你……"

"不要说了!把书给我,从床上下来!"雅科布夫人打断了他的话。

"我可以……可以留下这本书吗?"利普尔说道,"我不再看了。我把它放在枕头底下。这样行吗?"

他匆忙地把书塞到枕头下面。

"好吧。"雅科布夫人宽宏大量地说道,"你有没有作业?"

"数学和德语。"

"那就马上开始做作业吧!"

利普尔从床上下来,坐到写字台前,然后把书包从地上拿起来,在里面寻找他的数学作业本。

雅科布夫人站在他旁边。他很不情愿地打开作业本,从小笔盒里拿出钢笔,开始做起算术题来。

"过一会儿,我会来检查你的作业。"她看着利普尔说道,然后就走出了房间。

利普尔无精打采地做了两道题后,溜到门口,倾听外面的动静。他听到雅科布夫人正在楼下打电话,于是轻轻地关上了门。

利普尔从枕头下面拿出那本书,坐回桌边。

经过刚才和雅科布夫人的一番"较量",他忽然觉得现在看那篇《狡诈女人的故事》要比看那篇《蛇女王的故事》更适合。虽然他还不知道"狡诈"是什么意思,但他能肯定那不是一个好词!他在书中找

到了那篇故事(那是在第五百七十八夜里讲述的),开始读了起来:

在古代,在那早已被人忘却的过去,曾经有一位国王,他是许多强大的统治者中最强大的一个。国王有许多士兵,有一大群侍卫,有很多财富和金银珠宝。但是,他已经五十多岁了,却还没有一个儿子,因为……

就在这时,雅科布夫人推门进来了!

利普尔闪电般地把书塞进书包,但还是被她看见了。

她把两手叉在胯部,一下一下地点头(好像在说"原来如此,和我想象的一模一样"),并说道:"我的信任换来的就是这样的回报。"接着,她伸出一只手,干脆地说了声:"书!"

利普尔犹豫不决地把书交给了她。

"今天你一行也不许再看了!这一点我可以保证!"她恼怒地说道,把书夹在了胳肢窝下。

"今天晚上也不行吗?如果我把作业做完呢?"利普尔问道。

"今天晚上也不行!"雅科布夫人肯定地说完就离开了房间。

被发现的藏身处

晚饭是三明治。

为了好好表现并肯定雅科布夫人的辛劳付出,利普尔一连吃了四片面包:两片涂抹蔬菜碎拌乳酪、两片夹香肠。(平常他最多吃两片。)

雅科布夫人似乎对他的表现很满意。

"虽然今天下午出了一点儿小问题,但或许我们还是可以和睦相处的。"利普尔准备帮忙洗盘子时,她满意地说道,"今天的晚餐好像很合你的口味,不太甜也不太咸。"

"对,对。"利普尔确认道。他认为这是个有利的机会,于是接着说道,"也许我饭后还可以看一会儿书?只看半个小时。"

"啊,原来是因为这个你才乐意帮忙!"雅科布夫人说着大笑起来,"不,不,不能再看书了。我说话可是算数的。明天吧,做完作业以后可以看。"

"我这就得去睡觉吗?"利普尔问道,"现在才七点。"

"你还可以看一会儿电视,然后八点钟上床睡觉。"雅科布夫人说。

他们俩在客厅里看了晚间新闻,今天"我们的国家"系列片播放的是《温德尔斯坦①》。雅科布夫人看这个节目时很兴奋。利普尔却完全不喜欢。他对山并不反感,但他宁愿去爬山,而不是只在电视里观看。

他感到很无聊,在屋里四处张望。突然,他发现了雅科布夫人藏那本书的地方——在客厅的柜子上面!

这时候,他的无聊感觉一下子全飞走了,他努力思索着要怎样才能把书拿下来。他必须把雅科布夫人从客厅里引出去。但是,怎么才能把她引出去呢?

正当他还在考虑的时候,问题自己解决了。

"你们家有没有花生米、咸棒棒②或者类似的东西?"雅科布夫人问道,同时站了起来。

"有,就在厨房的橱柜里,右边的格子上面。"利普尔很快地回答

---

①德国巴伐利亚州阿尔卑斯山区一个古老的小城镇。
②一种撒有盐粒的棒状小饼干。

道。他屏住呼吸,等着看她是派他去取呢,还是她自己去取。结果,她自己去了。她还没有走出房间,利普尔就踮起脚,把书取了下来,藏进毛衣里面。

雅科布夫人回来的时候,他已经坐回沙发里,表面看起来很镇定,但心却激动得怦怦直跳,生怕她会发觉。但她什么也没有发现。利普尔小心翼翼地等到八点,与此同时他还表现得很不乐意,好像他是被打发去睡觉似的。他不能引起她的任何怀疑,小孩子自愿去睡觉一定会让人生疑。

雅科布夫人严厉地说:"不要再说了!你现在就去洗漱间,洗漱之后,马上就去睡觉!大约一刻钟之后,我会去检查你是否真的睡了。"

就这样,利普尔走得很慢,好像很不情愿似的,其实他恨不得一下子飞到楼上去。

当雅科布夫人一刻钟后过来看他的时候,利普尔已经洗完澡、刷过牙,躺在床上了。他睡意蒙眬地说了声:"晚安,雅科布夫人!"

"晚安。明天见!"雅科布夫人说完,关了灯,然后轻轻地带上了门。

利普尔又等了大约一刻钟,然后坐起来,取出藏在枕头下面的

那本书,赤脚走到门口,打开门,溜出来,再轻轻地把门关上,然后蹑手蹑脚地来到楼梯下的那个藏身处。

他打开灯,关上小屋的门,在折叠橡皮艇上坐下来,又喝了一大口汽水。

然后,他往后一靠,开始读起那本书来。

他再次从故事的第一页读起,再次读到国王多么希望有一个儿子。

国王求助于仁慈的神,祈求神借助先知和圣徒的力量,送给他一个儿子。

祈祷看起来好像很灵验,因为那之后不久,王后真的给他生了一个儿子,面如满月。

读到这里,利普尔停下来,靠在门上听了一会儿。他好像听到外面有什么声音。但他觉得一定是自己听错了。雅科布夫人在下面的过道里能看见他的房间里有没有开灯!

他继续读下去。

那个男孩渐渐长大了,一直长到五岁。这时候,国王身边有一位智者,他是最伟大的学者,名叫辛巴达,国王把这个男孩交给了他。

当那个男孩长到十岁的时候,辛巴达开始给他上课。他的课上得那么好，没有人能像他那样让王子学到那么多知识，受到那么好的教育。

有一天，智者辛巴达观测星象，他预感到王子将有大难临头，而破解之策便是七天之内不能说话，哪怕只说一个字，巨大的不幸都将立刻降临到王子和他家人的身上。辛巴达急忙来到王子面前并恳请他，如果他珍惜自己的生命，那就一定要沉默七天。于是，从那一刻起，王子一个字都不再说。

几天之后，国王听说王子拒绝回答任何问题，就召见了他，问他沉默不语是什么意思。

但是，王子仍旧不回答。

国王没了主意，下令把他的儿子送进一间密室，要像对待一个病人那样对待他⋯⋯

就在这个瞬间，利普尔藏身处的门被猛地打开了。雅科布夫人出现在他面前。

"你在这儿！你在这儿干什么？！我在整幢房子里到处找你，我已经在想⋯⋯"这时候，她发现了利普尔手中的那本书。"这、这⋯⋯你简直无法无天了！"她震惊地说道，"现在，我全都明白了！你把这本书拿走，自己藏在这儿⋯⋯你太——放肆了！你把我吓成这样！假如

你是我的儿子,哼,我一定把你……"她举起一只手,好像马上就要抽他耳光似的。利普尔在这个瞬间觉得十分庆幸,庆幸自己并不是她的孩子。

"把书给我!"雅科布夫人命令道,"立刻回去睡觉,马上去!"

利普尔把书交给她,从她身边蹭过去,回到了自己的房间。

雅科布夫人跟在他后面,但并不是为了说"晚安"。

"我告诉你,在你父母回来之前,你别想再看到这本书!"她愤怒地说道,"他们想怎么宠你就怎么宠你,但我可不一样!你从我这里绝对不会再拿到它了,一秒钟都不行!"

说完这句话,她就甩上门,让利普尔一个人待着了。

利普尔躺在床上,感到很痛苦。

雅科布夫人很生气。她的情绪肯定不会很快调整过来。那本书她不会再还给他了,明天不会,后天也不会。他对这一点深信不疑。

以后,她会把书藏得更隐蔽,让他再也不能找到并偷偷地拿走。

这时候,他更想知道的是那个沉默王子的故事会怎么继续下去!

王子能不能做到一个星期连一个字都不说呢?

利普尔决心自己在梦中来"续写"这个故事。如果他入睡之前只想着这个故事而不想别的,或许就可以做到。但是,这样做并不容易,别的念头会持续不断地插进来。他一会儿想到雅科布夫人,一会儿想到爸爸妈妈,一会儿又想到班上新来的那两个同学。

渐渐地,他睡着了。

关于做梦人和梦境

在讲述这一夜利普尔梦见了什么之前,必须先在这里插入一些关于做梦的知识。

有些人——主要是那些严肃的人,从来不做梦。比如利普尔的爸爸就是这样一个人。

他总是说:"今天夜里我又睡得很深沉,而且没有做梦。"

如果他说睡得很深沉,可以令人相信。但是,如果说没有做梦,那肯定不对。因为每个人睡着了都会做梦。

只不过有些人做了梦之后,立刻就忘记了,所以才会在第二天早晨起来说自己根本没有做梦。

而有些人醒来之后,仍然能够回忆起梦中的每一个细节。利普尔就属于这种情况。他的梦是那么清晰,以至于他有时候在回忆中根本分不清梦境和现实。

回忆梦境,对他来说没有任何困难。比如:当他清楚地回忆起那一群绿色的小象、那只骑着自行车的公鸡,以及长着两个脑袋的女助理警察时,他就会立刻知道,它们只能出自梦境,而且是出自一个相当荒唐的梦。

困难的是回忆那些与十分正常的事情有关联的梦,以及和他认识的那些人或者和自己的经历相关的梦。这种时候,他往往就分不清,那究竟是对真正经历过的事情的回忆呢,还是对一个梦的回忆。

有一次,他在梦里做了很长时间的家庭作业,第二天早上,他带着没做完的家庭作业不假思索地去上学了。他以为自己确实已经做完了。

还有一次,他不得不问妈妈:"我们上星期真的收到了外公和外婆从澳大利亚寄来的一封信吗?还是那只是我做的一个梦?"

有些人会做情节很曲折的梦,并且能够驾驭自己的梦。利普尔偶尔也能做到。

有时候,在做一个恐怖的梦时,他会对自己说:"哎呀,对我来说,这真的已经太过分了,我不玩了。"然后,他就会醒来。

有时候,在做一个美好的梦时,他也能成功地让那个梦再延长一会儿。

有时候(当然这种情况很少),他甚至能让自己做自己想做的

梦,并且真能如愿以偿。

所以,利普尔决定要在梦里"续写"那个刚开始的故事,也就不那么令人感到吃惊了。

他作为旁观者了解了整个事件(就像看电影时那样),随后,他便进入了故事之中……他开始做梦了!

第一个梦

东方之国的宫殿看起来完全同利普尔在阅读时所想象的一般：墙上挂着珍贵的壁毯，穹形屋顶由白色的柱子支撑，柱子上有金色的雕刻装饰。大厅中央，一座喷泉正从大理石水池中喷出高高的水柱，在一块特别华丽的地毯上面放着一个宝座，宝座上坐着一位国王。

国王身边站着一个女人。她穿着一身绿色的长裙，说话的时候会露出稍微有些凸出的上牙。她不是王后。利普尔看到她的第一眼就知道。她是王子的婶婶，是国王死去的弟弟的遗孀。

王子的婶婶多年来一直希望自己的儿子能够继承国王的王位和财富，所以当国王终于有了一个儿子之后，她打心眼儿里恨这位王子。现在，王子变成了"哑巴"，她认为释放自己愤怒的机会来了。

于是，她盗走国王最喜欢的书，并偷偷地把它藏到了王子的枕头底下。

这天晚上,国王处理完朝政,像每天一样在床上躺下,从金黄色的锡纸中剥出一小块巧克力,十分惬意地塞进嘴里,然后,就伸手去拿那本自己心爱的书,想在睡前看一会儿。可这时他才发现,那本书不翼而飞了。

即便所有仆人和内廷侍卫,甚至连王后和她的五个女儿都跟着一起找遍了国王寝室的每个角落,每一块坐垫、每一块地毯下面都被翻了个遍——那本书仍然杳无踪迹。

这时,王子的婶婶谦恭地开口了。

"亲爱的兄长,强大的国王,"她说道,"我知道您的书在什么地方。但是,我不敢向尊贵的国王揭露这件事。如果我揭发了国王的窃贼,我担心您会大发雷霆。"

"亲爱的弟媳,你想说的是你要揭发'国王之书的窃贼',对吗?"国王纠正道,因为他很重视用词的精确。

"是的,国王兄长。"王子的婶婶说,"请原谅我这张多管闲事的嘴巴,因为我的不当用词而玷污了您尊贵的耳朵。不过,我想说的的确是'国王的窃贼',换句话说,也就是您的儿子,阿斯拉姆王子。难道他不是国王的血脉吗?"

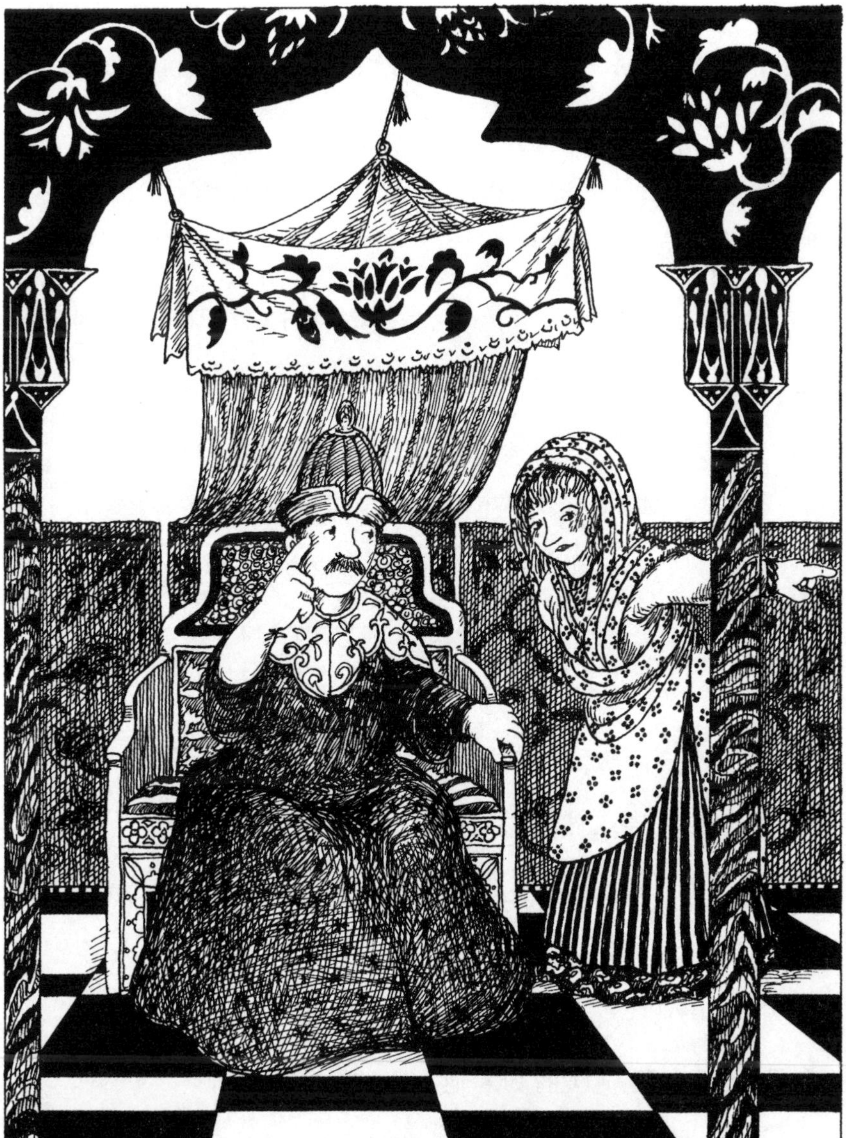

"你胡说八道什么?!阿斯拉姆王子?!"国王愤怒地喊道,"你想惹我发怒吗?讲话要慎重!"

"对我来说,重要的是真相,国王兄长。"王子的婶婶很快说道,"为此我甘愿承受您的愤怒。"

"你想说,是我唯一的儿子偷走了我最喜欢的书?"国王大声问道。

"正是这样。"王子的婶婶说道,同时深深地鞠了一躬。

"这可是一项可怕的指控!"国王压抑着怒火说道(王后和五个女儿都点头同意),"如果查出是你撒谎,你将受到被驱逐出境的惩罚!"(王后和五个女儿更频频地点头,因为她们都不能忍受这个女人。)

"如果我说的是事实,那该怎么样呢?"婶婶赶快问道。

"那、那……那我就把王子驱逐出境!"国王回答。

"如果是这样,国王兄长,那么我将和您一起去查看王子的枕头下面。"王子的婶婶自告奋勇地说。

国王带着众人一起来到王子的寝室。当国王真的在王子的枕头底下发现了他那本心爱的书时,他是多么震惊和愤怒呀!

"我的儿子竟然是一个小偷儿!"他一次又一次地喊道,"你竟敢偷自己父亲的东西！"

王子站在一旁,他不知道这一切究竟是怎么回事。可是,他不能说话,不能为自己辩护,只好绝望地看着地面。

国王把王子的沉默看作是一种默认。

而他不得不遵守当着许多证人许下的诺言。于是,他只好命令王宫侍卫:"把王子抓起来,送到国境之外去!他被驱逐了,再也不能回到这里!"

王子最亲近的姐姐哈米德在父亲面前跪了下来,请求宽恕她的弟弟。这下子国王更生气了,大喊道:"如果你为一个小偷儿求情,那么你也必须跟他一起走!哈米德,你也被驱逐出境了!"

"但是,这太不公平了!"利普尔喊道,"您不能就这么草率地……"他吃惊地住了口,因为所有人都向他转过头来,看着这个在一身睡衣外套着一件黄色雨衣的奇怪男孩。

"这个陌生人是谁?他怎么会在这里?他喊什么?他要干什么?"国王目瞪口呆地问道。

这一连串的问题有些太多了,所以利普尔并没有吭声。

王子的姊姊意识到利普尔可能会对她构成威胁,于是就立刻利用这个机会大声喊道:"他是王子的朋友和同谋!"

"是这样的吗？"国王说道，"那么把他也一块儿驱逐了吧！把他们三个抓起来，即刻押送出境！"

不等利普尔反抗，王宫侍卫就把他、王子和公主一起抓起来，拉出了王宫。

王宫侍卫长挑选了两个身强力壮的侍卫，让他们和自己一起押送三个被驱逐者出境。这一行人一共六匹马和两头驮行李的驴子。三个孩子骑上马之后，双手都被绑在了马鞍上。他们很快出了城门，出了首都，来到了荒野上。

大约走了一个钟头后，一位骑士从他们后方追来。侍卫长命令这一小队人马停下。两个侍卫握紧长矛，紧张地等待着这个来意不明的追踪者。

那人骑着马小跑着靠近他们。当"他"终于来到侍卫们跟前时，他们才惊奇地认出，这位骑士实际上是一个女人，一个用面纱遮住面孔的女人。

"你是谁？你要干什么？"侍卫长盛气凌人地问她。那女子揭开面纱，侍卫长大吃一惊：来人竟然是国王的弟媳，王子的婶婶！

"请……请恕罪……主人……我没有认出您。"侍卫长结结巴巴地说着，同时谦卑地低下头，前额几乎碰到马背。

"无须多礼,我有话要同你说!"女人严厉地说道,"只同你一个人说!"

于是,另外两个侍卫拉过王子阿斯拉姆和公主哈米德的马,走到几十步的距离之外。而侍卫长则紧紧抓着利普尔坐骑的缰绳,方便随时监视他的一举一动。侍卫长认为这个陌生人虽然很危险,但他对王宫里的情况一无所知,所以并不怕他偷听。

那个女人抓住马背上的背筐,从中掏出一个皮口袋,扔给侍卫长。

"这里面装满了金币。你和另外两个侍卫分吧。"她说。

"您太慷慨了。"侍卫长说道,"我该怎样报答您呢?您需要我干什么,主人?"

"你要想办法,让这些犯人永远不再回来!"王子的婶婶小声说道。

"我一定做到,主人。我将把他们押送出边境并派卫兵守卫,再也不让他们回来。"侍卫长急切地说道。

"你没有明白我的意思!"她没好气儿地说道,"你要想办法让他们永远不再回来。你懂什么叫'永远不再回来'吗?!也不需要派什么卫兵守在边境!"

侍卫长的脸一下子变白了。"您认为,我应该把他们三个……"他不敢把那个可怕的词说出来。

"就是这样。"她说,"事情办妥之后,来向我报告。然后,你还会得到一袋金币。如果你爱惜自己的生命,就不要和任何人说这件事。"

她说完这句话就掉转马头,回王宫去了。

而侍卫长审慎地看着利普尔。他大概在想,他们的谈话利普尔听懂了多少。

利普尔故意摆出一副无所谓的样子,盯着他那匹马的马鬃,尽可能显得很无聊。最好不要让侍卫长知道,他现在已经知道自己和另外两个孩子处于怎样的危险之中。

接着,他们一行人便骑马奔驰起来,跑了一个钟头又一个钟头。最后,他们来到一片绿洲,侍卫们决定在椰子树的树荫下休息一会儿。

侍卫们为三个被驱逐者解开了绳索,这样他们可以从马背上下来,到水边喝点水。侍卫长把两个侍卫叫到跟前,拉他们后退了几步,小声但却急迫地命令他们两个一定要听他指挥。

此时,利普尔终于能在不被监视的情况下和王子与公主说几句话了。

"我们有生命危险。"利普尔小声说道,"他们要杀我们。侍卫长正在和他的两个属下说这件事。"

王子不相信,使劲摇头。

哈米德公主说:"你一定听错了!我们的父王生气的时候虽然很暴躁,但是,等他气消了之后,他总是会后悔。我了解他,他永远不会下令杀死我们。我更相信,要不了多久,他就会撤销驱逐我们的命令,把我们接回王宫去。婶婶来的时候,我心里很高兴,因为我想,她大概是被派来接我们回去的。可是我误会了,所以我感到很伤心。她大概是想劝侍卫释放我们,然而他们不能违抗父王的命令。"

"你们的婶婶恨阿斯拉姆!就是她想让王子死!"利普尔急切地说,然后告诉了他们自己刚才听到的一切。

王子和公主听了感到十分震惊。

"我们必须逃走!不然就来不及了。"利普尔讲完这一切的时候,哈米德说道。

阿斯拉姆点点头。

"可是怎么逃呢?"利普尔问,"侍卫骑马比我们跑得快。我们怎样才能逃脱呢?"

三个人都沉默不语了。他们在思索,但又想不出办法来。突然,王子猛地抓住利普尔的胳膊,激动地指向荒原远处。

利普尔不明白阿斯拉姆的意思。地平线上只能看见一团乌云。他指的是乌云吗?

"你想说乌云吗?"利普尔问。

阿斯拉姆点点头。

"有一场雷雨?"利普尔继续问道。

阿斯拉姆使劲地摇着头。

阿斯拉姆从地上抓起一把沙子,举到利普尔的眼前,显得很激动。

"我用沙子能干什么呢?"利普尔问。

"沙尘暴!那儿将会有一场沙尘暴?"哈米德问。

阿斯拉姆点点头,先指了指自己,然后又指了指利普尔和哈米德,最后指了指马。

"他说得对,如果有逃跑的机会,那就是在沙尘暴之中。"哈米德说,"你经历过沙尘暴吗?"

"没有。"利普尔说,"但我有一本叫《在东方之国》的书,里面有一幅图画……"

"我们只有很少的时间,侍卫们回来了。"哈米德打断了他的话,"沙尘暴很可怕,你即将会经历。你需要一条围巾遮盖住鼻子和嘴。你只有这么一点儿衣服吗?你没有头巾?"

利普尔摇摇头。

"那你就把这条头巾拿去!"她说着,把自己的花头巾递给了利普尔,"当风暴来临的时候,我们就开始逃。即使他们想追也找不到我们,在风暴里他们什么都看不见。我们必须紧紧地待在一起,不能失散,否则我们就完了!别说话,他们来了!"

可是,她还想知道点什么。"你叫什么名字?"她问。

"利普尔。"他说。她重复了声"利普尔",点了点头,好像她觉得他理所应当叫这个名字似的。

王宫侍卫们也发现了天边的乌云。那团乌云正在以令人惊异的速度变大,此时已经像一堵可怕的暴风雨墙似的立在地平线上。

"快!快到那边那堵墙后面找个避风的地方!用衣服把自己裹起来!盖住眼睛、鼻子和嘴!"侍卫长命令道,"沙尘暴就要来了。很快就到。"

被驱逐者和侍卫都缩在那一堵断壁残垣后。

紧接着,千千万万颗沙砾猛烈地打在利普尔身上,堵塞住他的

鼻子,刺激着他的眼睛,钻进他的雨衣。他举起双臂抱住脑袋,用哈米德的头巾捂住口鼻,拼命地喘气。

有人在摇晃他的胳膊。是阿斯拉姆。利普尔回头看了看侍卫。他们用厚厚的大衣裹着脑袋,坐在那里一动不动,像被沙子掩埋了一半的岩石一般。

三个孩子手拉着手,艰难地和风暴搏斗着,好不容易才走到马跟前。马急躁地打着响鼻儿。

他们解开了六匹马的缰绳,紧紧地拉住三匹马,把另外三匹马给放了。侍卫们的三匹马冲进昏暗的沙尘暴中,立刻消失不见了。他们三个飞身上马,也一起跑走了。三个侍卫并没有察觉到发生了什么,风暴的呼啸声完全压过了马蹄声。

阿斯拉姆跑在最前面,哈米德紧随其后,利普尔在最后。

利普尔想让自己的马紧紧跟住他们,但是风"缠"住了他的雨衣,又把雨衣吹开,像船帆似的鼓起来,差点儿把他吹下马去。他试图把雨衣脱掉,好半天才成功。雨衣被风暴卷起来飞走了,胆小的马受到惊吓,突然用两条后腿站立起来,把利普尔掀下马背,随后独自冲进了沙漠之中。

"阿斯拉姆!你们等等我!"利普尔大声喊道。但是,风的吼声是如此之大，连他自己都听不见自己发出的声音。

他趴在沙子上，被一个平缓的沙丘保护着。风暴的势头一点儿也没有减弱，似乎比先前更猛烈了。他费了很大劲才用头巾把鼻子和嘴遮住。他几乎喘不过气来了。他觉得自己每时每刻都可能被憋死。

一股猛烈的风把头巾从他的手中卷走。利普尔急忙用双臂抱住头，猛地吸了一口气，又深深地吸了一口气……

就在这时，他醒来了。

雅科布夫人穿着绿色的睡衣站在他的床前，手里拿着他的枕头。

"早晨好，菲利普。"她说，"你该起床了。为什么你睡觉总是把枕头放在脸上？这样你还能喘得上气吗？"

"风暴过去了吗？"利普尔稀里糊涂地问道。

"风暴？"雅科布夫人重复了一遍，"哦，你指的是昨天夜里的雷阵雨吧。你听见了吗？你被惊醒了吗？这天气真的太——疯狂了，一会儿下雨，一会儿出太阳，一会儿又是狂风！不过现在都过去了。"她拉开窗帘："你看，太阳都出来了。该起床了！"

"真的。"利普尔说，"太阳真的又出来了。"

"我下楼去准备早餐。你去洗漱,菲利普,但不要再睡着了!"说完她就离开了房间。

"太阳出来了。没有沙尘暴了。我得救了。"利普尔一边自言自语着,一边坐了起来。他必须厘清自己的思绪。他现在在家里,在自己的床上。也就是说,刚才发生的一切原来是一场梦。可是,那两个人怎么样了呢?他们也醒来了吗?他们也会确认自己经历的一切都只是一场梦吗?难道他们仍然迷失在那场沙尘暴中?

星期二

与雅科布夫人共进早餐

利普尔从楼上下来的时候,雅科布夫人已经坐在餐桌边了,正在喝酸奶。

"不要一上来就问你的积分!"她用这句话迎接他,"也就是说,我忘记了。很遗憾。当我想起它的时候,牛奶包装盒上的积分卡已经被撕毁了。但是,酸奶盖上的积分仍然在,你可以把它剪下来。你不是喜欢早餐时喝酸奶吗?"

"喜欢!喜欢!我早餐只喝酸奶。"利普尔肯定地说。如果这样下去的话,他还需要一个星期才能攒够一百分,他闷闷不乐地想。

"但是,你不能只喝酸奶吧?"雅科布夫人问道,"像你这样的男孩应该吃些能增强力量的东西。需不需要我给你烤一片面包?"

"不,谢谢。"利普尔回答,"早餐我只喝酸奶。"

"尽管如此,我还是给你来一片面包吧。"她说着,在一片面包上抹了厚厚的黄油,"给,吃了这个才有力量。"

"早餐我从来不吃面包。"利普尔说,"我一大早吃不下这种坚硬的东西。"

"没关系。你可以带着课间休息时吃。"雅科布夫人说着便把面包用一块白色的餐巾纸包了起来。

"休息的时候,我更想吃巧克力条。"利普尔说。

"什么是巧克力条?"

"就是那种又香又脆的、有三层蛋奶和焦脆糖心的巧克力条。"利普尔解释道。他记得广告里就是这样说的。

"你妈妈允许你吃吗?"

"她还从来没有禁止过我。"利普尔肯定地回答。

这是一种间接的撒谎。妈妈确实从未禁止过,但这是因为妈妈对此一无所知。她一直以为利普尔在学校买的课间加餐是三明治,或者是橡果牛角面包。

"如果你妈妈不给你正确的东西吃,那你会这么瘦也就不足为奇了。"雅科布夫人说,"无论如何,你从我这里得到的都是更有营养的东西。"

两个人各自用小勺挖着自己的酸奶。

又过了一会儿,利普尔小心地试探道:"今天的更有营养的午餐

是什么?"

"这个问题你问得有点儿太早了。"雅科布夫人回答。

利普尔双臂交叉在胸前,像东方人那样深深地鞠了一躬,说道:"主人,如果我用关于午餐的低俗问题玷污了您尊贵的耳朵,请您原谅!"

"我的耳朵怎么了?"雅科布夫人问,"你在取笑我!这太过分了!"她感到相当委屈:"我一定要和你谈谈昨天晚上的事情。你不要以为我就这样把它忘记了!你把我吓成那个样子!我还以为你离家出走了或者被绑架了呢!"

"我真的没想吓唬您。我只是想再看一会儿书。"利普尔试图道歉。

"再看一会儿书?为了这个你就要躲到壁柜里去吗?!你再也别想从我这儿得到那本书了!"

因为利普尔没有再说话,只是用小勺在酸奶杯子里搅动,她只好拿起桌子上的报纸看了起来。

坐在她对面的利普尔尝试着从他的位置阅读报纸上的大标题。

"没有缓和的希望!"他大声读出来。

"无论如何,那不是我的过错。"雅科布夫人在报纸后面说道。

"那肯定。"利普尔确认道。

"嗯,至少你承认了这一点!"雅科布夫人说。

"是的。"利普尔接着说,"这都是超级大国的错,这儿写着呢。"

雅科布夫人从报纸上方探出头,迷惘地看着他,然后说道:"啊,原来你在读报!"

利普尔又开始读下一个标题:"联邦铁路抱怨——乘黑车的人体重大增①。"

---

①德语中,Zuehmen 这个词有两重意思:人数增加和身体发胖,报纸上的意思肯定是前者。

"什么是乘黑车的人？"他问。

"就是坐车不买票的人。"雅科布夫人解释说。

"好，那您不是乘黑车的人。"利普尔说。

"为什么？"

"因为乘黑车的人体重大增。"利普尔冷笑道，"而您想减肥，不是吗？"

雅科布夫人气得脸都红了。"你的低俗玩笑让我再也不能容忍了！"她站起来，把报纸一把摔在桌子上。

"我只是说个笑话。"利普尔服了软。爸爸会觉得他的话很诙谐，这一点他十分有把握！

"原来如此，但是有一点你必须清楚——我比你更厉害！"雅科布夫人威胁道。

这句话对利普尔好像没有产生什么影响，因此她问道："如果我把昨天的西红柿沙司热一下当你的午餐，你觉得怎么样？"

"那我就去耶施克夫人家吃饭！"

"耶施克夫人？她是谁？"

"我的女朋友。"利普尔说。

"什么？你的女朋友？！我告诉你如果你这样做我会做什么，我将立刻给你的父母打电话,把这一切都告诉他们!"

利普尔最想这样回答:"您可以放心地打电话,反正我早就想给他们打电话了。"他很明白自己这样说的话,雅科布夫人听了会更加激动。

其实他并不想惹雅科布夫人生气,他自己也不知道这一切是怎么回事。所以,他让了一步,说:"我在这儿吃。对不起,我并不想那样说。"

"哦,是吗?看来搬出你的父母还是有效的。"雅科布夫人说道,"现在你该走了,不然你就要迟到了!"

利普尔走到门口时,她又把他叫了回来。

"你的面包是怎么回事?你不想带去课间休息的时候吃吗?"

利普尔把面包塞进书包侧面的兜里,想赶快走。但雅科布夫人还是不让他走。

"你最好把雨衣带上!"她说,"肯定会下雨。"

"可是外面现在阳光灿烂呀!"

"是的,是的。"她说,"正是在这样的天气才必须想着会下雨。出太阳的时候想着会下雨,下雨的时候想着会出太阳。"

"可是我的雨衣没有了。"利普尔肯定地说,"它被风暴刮跑了。"

"难道这又是一个玩笑吗?"雅科布夫人生气地说,"它不是在这儿挂着吗?! 难道这不是雨衣?!"

"啊,它在这儿!"利普尔说。然后,他拿起雨衣,搭在胳膊上,一路跑着上学去了。

在学校里

利普尔差点儿就迟到了。

他赶在克劳波夫人前跑进了教室,飞快地坐到自己的座位上。

阿尔斯兰和哈米德已经坐在那儿了。利普尔几乎有点儿不敢相信。

"那可是一场风暴!"他对他们俩小声说道。

"什么风暴?"哈米德不解地问。

"嗯,昨天夜里……"利普尔说,"昨天夜里,当……"

克劳波夫人打断了他的话:"菲利普,你一定发现我已经到了。我要开始上课了!"

"是,是,当然!"利普尔说着,打开了数学课本,因为他们的第一节课是数学课。

但他仅仅安静了五分钟。

"你们找到路了吗?"他很想知道他们俩的情况。

"是的。很简单。"哈米德说。阿尔斯兰点点头。

"你们的婶婶怎么样了?"利普尔继续问道。

"什么婶婶?"哈米德诧异地问。

"就是你们叔叔的妻子呀。那个穿绿衣服的女人。"利普尔说。

"叔叔的妻子?可是她不在这儿呀。她在老家,在土耳其。"哈米德说。

"恰恰是她不那么友好!"利普尔小声说。

就在哈米德要问他这些话到底是什么意思的时候,克劳波夫人喊道:"菲利普!哈米德!你们又在那儿交头接耳!请你们注意听讲好吗?"

这一回,利普尔坚持了十分钟。随后,趁着克劳波夫人在黑板上讲一道新题,还没有转过身的时候,利普尔小声说道:"你,阿斯拉姆……"

阿尔斯兰不乐意地摇摇头,说道:"不叫阿斯拉姆,我的名字叫阿尔斯兰。"

这是他第一次和利普尔说话。

克劳波夫人停止讲题,眼神中充满责备地看着他们俩。他们俩一点儿也没有察觉。

"原来是这样,阿尔斯兰……"利普尔说着又慢慢重复了一遍,"阿尔斯兰。"

"对!"阿尔斯兰确认道,"意思是狮子。"

"你说什么?"利普尔问。

"意思是狮子。"阿尔斯兰重复了一遍,然后点了点头,表示肯定。

"阿尔斯兰在德语里的意思是'狮子'!"哈米德说。

"原来如此!"利普尔说,"好名字!阿尔斯兰,狮子!"

"我实在忍无可忍了!"就在这一瞬间,克劳波夫人大声喊了出来,"我不想第四次被你们干扰!在这节课剩下的时间里,菲利普,你坐到右边座位上去!阿尔斯兰,你往左边挪挪!我希望你们从现在起能稍微安静一点儿。"

"瞧,你一说话就带来不幸!星象的预言果然是正确的。"利普尔同惊呆的阿尔斯兰又小声说了这么一句,然后就不得不坐到邻座上去了。

在课间休息的时候,利普尔用他的零花钱买了一包巧克力条,与阿尔斯兰和哈米德分着吃了。

"你怎么知道我婶婶不友好呢?"哈米德一边吃着巧克力条,一

边问道。

利普尔犹豫了一下,没有马上回答。

本来他想说的是:"昨天夜里我已经给你们讲过她都做了些什么了!"但是,他又怀疑自己可能又把梦境和现实混淆了。

所以他真正说的是:"我也不知道。婶婶一般都不是很友好。"

"肯定是这样。"哈米德赞成道,"假期里我去了土耳其。我婶婶打过我,还整天不让我出门!"

"这么可恶!"利普尔说,"她为什么要这样?"

"因为我没有戴头巾就上街了。她要我戴头巾。"哈米德说。

"头巾?"利普尔问,"什么头巾?什么样子的?"

哈米德大笑起来:"你为什么要问这种滑稽的问题?你为什么要知道这个?头巾是红色的,上面有花。"

"对。就是那样的!"利普尔肯定地说。

"你是胡乱猜的吧!"哈米德又大笑起来,"你根本不可能知道。"

"你不应该嘲笑我。"利普尔有些委屈地说,然后就回教室去了。

他怎么才能和她说清楚,昨天夜里就是一条红色的花头巾在沙尘暴里保护了他呢?那条头巾是一位看起来特别像哈米德的公主送给他的。她还有一个不说话的弟弟。

课间休息之后的两节课是德语和常识。

利普尔问道:"克劳波夫人,我可以重新和阿尔斯兰坐在一起吗?"

克劳波夫人回答:"除非你们不再说话!"

他坐在阿尔斯兰身边,真的没有再说话。

放学以后,他又和阿尔斯兰、哈米德一起沿着赫尔德大街走了一段,直到他不得不向右拐,拐进他住的弗里德里希-吕克尔特大街为止。

拜访耶施克夫人

关于午餐没有什么特别的事情可说:面条儿菜花一锅煮。利普尔和雅科布夫人都没有兴趣说话,所以这顿饭吃得相当沉闷。

饭后,利普尔回自己的房间做作业。做完作业,雅科布夫人检查了一下他的作业本。这时候,她发现他带去的课间休息吃的面包仍然装在他书包外侧的兜里,动都没动。

"这是怎么回事?你为什么没有吃面包?"她问道。

"我忘了。"利普尔回答。

"那你就明天把它吃了。"雅科布夫人说道,"现在立刻把它放到冰箱里去!这样可以保鲜。"

利普尔照办了。随后,他问道:"也许我可以读一会儿我的那本书?"

正如他预料的那样,雅科布夫人的回答很干脆:"不行,你不可以看那本书!"

于是,利普尔说道:"那我现在要去拜访耶施克夫人了。"在雅科布夫人回答他之前,他已经走出了家门。

耶施克夫人恰好站在门口,利普尔来的时候,她正在用剩饭喂一条小狗。

"你好,耶施克夫人。"利普尔问候她,"这是一条什么狗?"

"你好,利普尔。"她亲切地回应道,"唉,它整天在这儿转来转去,既不走开,也没有人来认领。也许它的主人休假去了,把它留在了家里。这种情况是常有的。快进来吧,你想吃点什么?"

"不吃了。"利普尔跟着她走进门的时候说,"我吃过了。"

"但是,肯定没有吃草莓罐头!"耶施克夫人说。

"是的,吃的是面条儿菜花一锅煮。"利普尔说。

"你瞧,我说对了,没吃饭后甜点。"她一边说着,一边从冰箱里取出一个草莓罐头,打开后满满地装进两只小碗里,"这样的时刻一定要庆祝一下!"

他们俩就坐在厨房的小桌两边吃了起来。

"对了,我有东西给你!"耶施克夫人摸了摸她的格子布围裙口袋,"这儿,五个积分!我最近一定比之前多喝了一倍的牛奶,因为我攒了这么多积分。"

"谢谢!太感谢了,耶施克夫人!"利普尔大声说道,"也许我到这个周末真的能攒够一百分。最近我失去的积分几乎比我得到的还要多!"

"你的积分丢了?这不是真的吧?"耶施克夫人说着,大笑起来,"你那么小心,像一只小仓鼠似的,怎么会丢掉呢?"

"那不是我的错。"利普尔说,接着就讲述了他和雅科布夫人之间发生的所有事,包括积分、西红柿沙司和那本书。

耶施克夫人仔细地听着,不时难以置信地摇着头。

他讲完之后,耶施克夫人说:"太愚蠢了!现在,你的那本书没有了,你也不知道故事会怎么发展。我知道这种情况。我总是看报纸上连载的小说,总是期待第二天的报纸能快点到,好让我看新的续篇。可是,你现在不是等一天,而是要等一个星期呀!这简直太愚蠢了!"

"是的,真的太愚蠢了。"利普尔说道,"不过,我自己能够想象故事会怎样发展!我的意思是,我已经梦见了后面的故事!"

"梦见了后面的故事?"耶施克夫人笑着说道,"这可真是太聪明了!"

"我只梦见了一段,故事还远没有结束。"

"那你现在只有求助于'续梦'了。"耶施克夫人热心地说,"也许你会走运的!"

"什么是'续梦'?"

"你还没有经历过吗?坦白地说,我做'续梦'的时候也极少。但是,如果我成功地做了'续梦',那它就是最美妙的梦!"

"我还是不明白什么叫'续梦'!"

"我该怎么跟你解释呢?"耶施克夫人琢磨着,"大概是这样的……你梦见了一个故事,然后,这一夜结束了,梦做完了,可是故事还没有终结。于是第二天夜里,你继续做这个梦,从头一天停顿的地方接着往下做,继续做,直到故事结束。"

"还可以这样吗?"

"并不总会这样。但有时候会,如果运气好就可以。"耶施克夫人肯定地说。

利普尔还有一个问题:"会不会出现几个人梦见同一个故事的情况?也就是说,如果我梦见阿尔斯兰和哈米德,那他们会不会也正在梦见我呢?"

耶施克夫人摇了摇头。

"这不是不可能。但我不太相信会发生这样的情况。"接着,她又说道,"这两个人到底是谁呢?"

"阿尔斯兰。"利普尔补充道,"阿尔斯兰和哈米德。他们是我们班上新来的两位同学。阿尔斯兰不说话,因为星象显示……啊不,是阿斯拉姆王子,是他不可以说话。"

"他来到你们班上了?"

"不,不,王子是我梦里的。"

"他不说话吗?"

"是的,就是这样。我们班上的那个同学叫阿尔斯兰。"

"我明白了!他当然说话!"耶施克夫人点点头说。

"不,就是他不说话!"利普尔不赞成地说。

"他也不说话?"耶施克夫人说,"这可就复杂了。"

"哈米德也不简单。"利普尔说,"在梦里她也叫哈米德。此外,她有一条红色的花头巾,这条头巾在沙尘暴中保护了我。"

"啊,我懂了,你梦中的她有一条头巾。"耶施克夫人说着又点了点头。

"不,她是真的!她就在我们班上。"利普尔说。

"哎呀,全乱套了!简直分不清谁是谁了!"耶施克夫人抱怨道,"到底谁是谁呀?"

"就是说呀!"利普尔说,"难就难在这里!我的问题就在这里。我必须把这个梦做到底,不然我就真的不知道我自己是谁了。"

"我就说嘛,我就说嘛……"耶施克夫人接连说道,"这只能求助于'续梦'了。"

"我必须马上回家了。"利普尔说着,站了起来,"谢谢您的积分,也谢谢您和我谈了这么长时间。"

"今天你很有礼貌。"耶施克夫人笑了起来,"你为什么这么快就要走?还不到五点呢。你们现在就要吃晚餐吗?"

"不,不,我必须睡觉。"利普尔一边走一边向她解释,"我必须早点儿睡觉,否则我就梦不到故事的结尾了。"

当他走出耶施克夫人家的大门时,雨又猛烈地下了起来。这一次,他没有带雨衣。尽管他飞快地跑回家,但还是被淋得浑身都湿透了。

雅科布夫人听到他回来,立刻喊他去厨房。

"你父母来电话了。"雅科布夫人对他说,同时尖刻地补充道,"可是你恰恰不在!"

"他们都说了些什么?他们一切都好吗?"利普尔激动地问道,"他们还会来电话吗?"

"我觉得不会了。"雅科布夫人说,"我告诉他们你很好,感觉不错。"

"我可以给他们打电话吗?"利普尔问。

"打也没用了,他们今天晚上不在旅馆,所以他们才下午打电话来。"雅科布夫人说,"此外,我没有对他们说你不听话。我不想让他们感到不安。"

"真遗憾。"利普尔伤心地说。

"为什么遗憾?"雅科布夫人问,"难道我应该把那本书的事情告诉他们吗?"

"我是说我遗憾没能和他们说上话。"利普尔回答。

"谁下午不在家,谁就不应该抱怨自己没接到电话!"对雅科布夫人来说,这句话意味着这个话题到此为止,"现在你赶快脱掉湿衣服!我们要吃晚餐了。"

晚餐(米饭、沙拉和煮得很老的鸡蛋)之后,利普尔问道:"现在我可以去睡觉了吗?"

雅科布夫人以为她听错了,反问道:"你想干什么?"

"去睡觉。"利普尔重复道。

"为什么?外面天还亮着呢!"

"我可以把窗帘拉上。"

"你到底为什么要这么早上床?"

"睡觉呀!"

"你能不能不要再说你想去睡觉?你一定有别的打算!但是,你不要以为你还能躲进那个壁柜里去!"

"不,我真的想睡觉。"

"我不允许你去睡觉!"

"为什么?"利普尔问,"我到底为什么不能去睡觉?"

"因为……因为……因为还要擦餐具!"这大概是她刚刚想出来

的理由,"我不想自己一个人洗碗。"

"好,那我赶快干,干完就去睡觉。"利普尔说着,立刻把热水龙头打开,往洗碗池里放水,再倒入一些洗涤剂,然后便开始洗碗。

"为什么要这么着急呢?你只要帮忙擦干就够了。我来洗。"雅科布夫人变得不安起来,"你还是有什么事情瞒着我!快告诉我,你到底打算干什么?"

"我想睡觉。"利普尔说,"只想睡觉。"

雅科布夫人尽量放慢速度地洗着餐具。利普尔站在旁边,手里拿着擦碗布,变得越来越没有耐心。最后,整个厨房里再也没有什么可洗的东西了。

雅科布夫人亲切地说:"现在,你肯定还想看一会儿电视,像昨天晚上那样,对吗?嗯,我今天破例,不再说'不行'。"

但是,利普尔只想上床睡觉。

这样一来,雅科布夫人除了告诫利普尔要先洗脸、刷牙和梳头之外,再也没有什么可说的了。

"为什么我要梳头呢?我可是去睡觉!"利普尔抗议道。

"那好吧,你可以不梳头。"雅科布夫人大度地允许了,"然后,再回来和我道一次晚安,好吗?"

"同意。"利普尔不耐烦地说。他飞快地跑去洗了脸、刷了牙,牙膏沫都溅在了洗漱间的地上。然后,他大声而又匆忙地朝楼下喊了一声"晚安",就上床睡觉去了。

他盖好被子,来回地翻转身子,一会儿翻向右侧,一会儿翻向左侧。正当他还在想头一天晚上的梦到底会怎样结束的时候,他已经睡着并开始做起新的梦来了。

第二个梦

沙尘暴变弱了,随后戛然而止,就如同来时那般突然。

利普尔慢慢地爬起来,抹去脸上的沙子,抖了抖身子,想把头发上和衣服里的沙砾抖落掉。

他向四周看了看。可无论朝哪个方向看,都是一望无际的沙漠。

那片绿洲一点儿影子都看不到了。他的马在把他甩下来之前,一定跑了很远很远。

他也不知道阿斯拉姆和哈米德在他前面究竟跑出了多远。

本来他可以根据太阳的位置判断方向,但现在看不到太阳。

风暴把一切痕迹都掩埋在沙子下面。

他孤零零一个人站在沙漠里。他不知道自己该干什么。他们俩为什么把他丢下了呢?

他应该设法回到那片绿洲吗？那样太危险了,因为那几个侍卫一定还在那儿。

他应该一个人继续走吗？那他不可避免地会被渴死。

他连喊一声"阿斯拉姆"或"哈米德"都不敢。他担心那几个侍卫就在附近,会听见。

他坐在沙堆上,没有能力做出决定。所有人都离开了他,就剩下他孤零零的一个。

他感觉到泪水从眼眶里慢慢涌了出来。他一个人在沙漠里,肯定没有人会看见,所以他也就不用忍住眼泪,而是把头放在膝盖上,放声大哭起来。

突然,他听到附近有一种声音,好像是什么动物在呼吸,一头狮子或者其他危险的猛兽。

利普尔大吃一惊,跳起来,抹掉眼里的泪水:啊,原来是一条狗!一条瘦瘦的、棕黄色的狗,眼睛特别明亮,胸前有一块明显的黑斑。它正疑惑地望着利普尔。

这是一条野狗吗？它危险吗？

利普尔小心翼翼地向前走了一步。狗却后退了一步。它好像也害怕利普尔,就像利普尔怕它一样。

利普尔跪在沙子上，引诱那条狗到他跟前来。

"来！"他说，声音不大，"过来！到我这儿来！"

那条狗慢慢地、小心地向他靠近。

最后，它好像看出利普尔不会对它怎么样，于是就走到他跟前，闻了闻他。

"真乖！"利普尔说，"好乖的狗。"

他小心翼翼地抚摸着那条狗。狗摇了摇尾巴。

"你来了，真好！现在我至少不再是孤零零一个人了。"利普尔说，"即使你只是一条狗。"

狗哀叫了两声。

过了一会儿，它挣脱了利普尔的双手，跑了几步，然后站住，回过头用恳求的眼神看着利普尔。

"要我跟你走吗？你的意思是这样吗？"利普尔问，同时迈着沉重的步子向它走去。

狗又向前走出几步，然后停下来等着。就这样，他们仿佛是在做游戏一般：狗先跑，站住等着，然后利普尔再跟上去。当利普尔突然察觉前方扬起一片尘土的时候，他们已经这样连续走了几个钟头了。

他先是大吃一惊,因为他以为一场新的沙尘暴即将来临。然后,他发现扬起的尘土已经逼近自己,但范围却几乎没有扩大。那是一个人骑马扬起的沙尘,最多不超过三个人!

如果这几个人是王宫侍卫,那该怎么办呢?这些侍卫肯定已经抓回了他们的坐骑,现在正马不停蹄地穿越戈壁,到处找他、哈米德和阿斯拉姆。

他必须躲起来,刻不容缓!

利普尔平躺在一道细长的沙丘下面的沙地上。

但是,狗怎么办呢?

如果利普尔不能尽快把那条狗叫到他身旁来,那么它会立刻使他暴露。

"过来,狗!"他压低了声音喊道,"过来!快过来!"

狗把这看作一种新的游戏。它过来了。但在利普尔能够抓住它之前,它又灵巧地躲开了,并且跳回去好几步。

"过来!"利普尔绝望地喊道,"快过来!这不是在玩游戏!"

利普尔更加绝望和愤怒了。

"过来,你这条该死的野狗!"他喊道。

那片沙尘离他们更近了。利普尔此时已经能够确认那片沙尘是两个人骑马扬起来的了。

骑马人可能马上就会发现狗,也会发现利普尔。

这时候,利普尔想出一个办法:装死。他变得十分安静,甚至假装停止了呼吸。狗见状果然凑了过来,好奇地先闻了闻利普尔的脚,发现脚不动,又闻了闻他的手,最后又闻了闻他的头发。

利普尔猛地伸出手,把狗抱住。可是,正当他想把狗往下拉的时候,狗却突然挣脱出他的怀抱,随后狂吠着向骑马人跑去。利普尔躺在沙丘的阴影里,因为害怕而变得目光呆滞。他不敢抬起眼皮去看,每一秒钟他都等待着自己被发现,甚至被一个男人强有力的手抓起来。

狗的狂吠声变得更响、更激动了。沉闷的马蹄声戛然而止。他们发现了狗。

利普尔屏住了呼吸。

一个女孩的声音惊讶而又快乐地喊道:"这不是穆克吗?阿斯拉姆,你看,就是穆克!它一定是跟着我们出来了!是的,穆克,安静!好乖乖!勇敢的狗!"

那是哈米德的声音!

利普尔一跃而起。

两匹马就站在那儿,离他那么近,他立刻认出了阿斯拉姆和哈米德。

阿斯拉姆从马背上跳下来,抚摸那条狗。狗也一边摇着尾巴,一边来回跳跃着,表达着自己的快乐。

是哈米德先看见利普尔的。当她看到一个灰头土脸的人突然在自己面前站起来的时候,她大吃一惊,但她也立刻就认出了利普尔,连忙从马背上跳了下来。

"利普尔!利普尔,原来你在这儿!"她大声喊道,"你的马呢?你为什么没和我们在一起?我们已经找了你好几个钟头了!"

"我的马把我甩下来,自己跑了。"利普尔小声说道,"我也在找你们!到处找!"

阿斯拉姆默默地走过来,紧紧拥抱利普尔。

"我们十分担心你的安全。"哈米德说。

阿斯拉姆点点头。

"你们来了我真高兴!"利普尔松了口气,说,"真好,我们又在一起了。"

"是穆克找到了我们!"哈米德激动地说,"它可能在我们被押送出王宫时,就一直跟在我们后面了,而沙尘暴让它失去了我们的踪

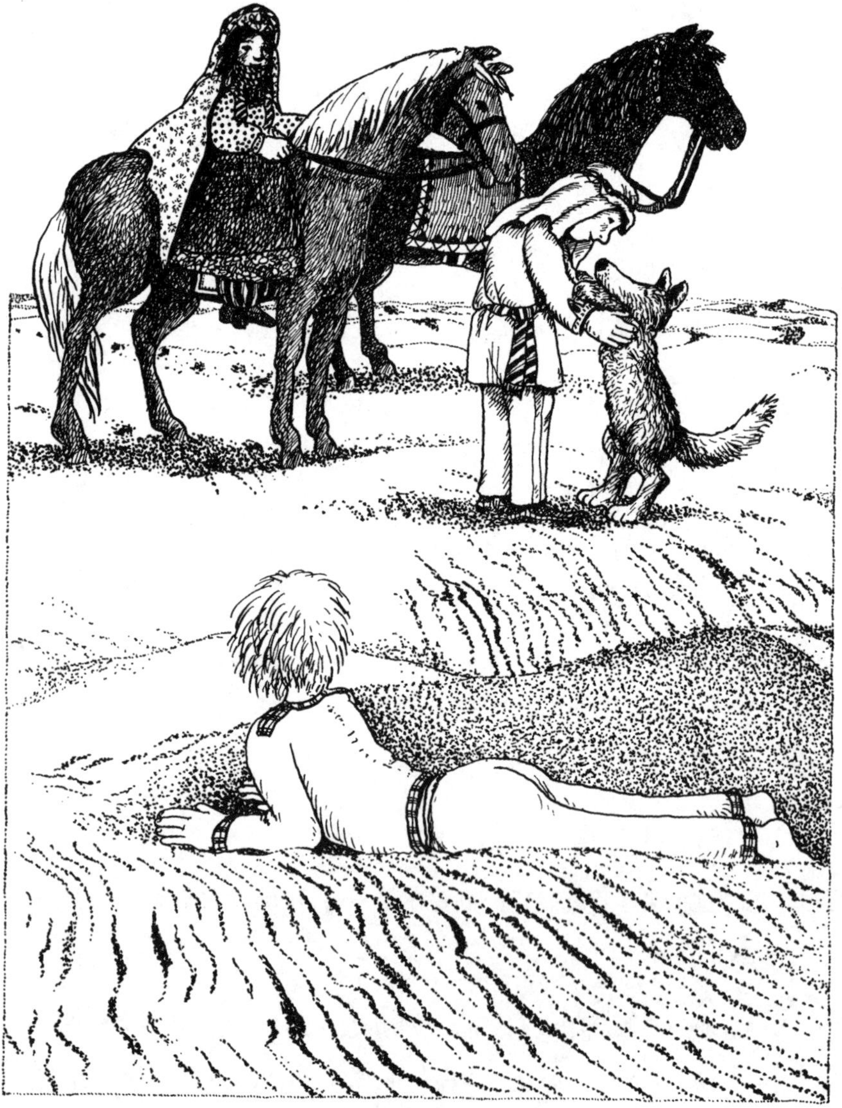

迹。"她蹲下来抚摸着那条狗:"穆克,这是利普尔,去问候他!"

"啊,我们已经认识了。"利普尔说着,摸了摸穆克的头,"我们已经一起在沙漠里走了很长一段路。"

"那我们现在该干什么呢?"哈米德问,"接下来该往哪儿走呢?"

阿斯拉姆首先指了指利普尔,然后指了指他的马。

"你的意思是我骑你的马,你步行?"利普尔问。

阿斯拉姆大笑起来,摇了摇头。他拉着利普尔的手,带他走到马跟前,扶他上马坐好。然后,阿斯拉姆也飞身上马,坐在利普尔的身后。

哈米德也骑上她的马。他们三个人并辔而行,走得很快,以至于穆克差点儿没跟上。

"我们到底去哪儿呢?"利普尔问哈米德。

"回首都去!"哈米德回答。

"这样不危险吗?"利普尔问,"他们把我们驱逐了。我们不能随便回王宫。"

"不回王宫。"哈米德大声说道,"我们藏在城市里。再过两天,阿斯拉姆就可以说话了,那时候他就可以向父王解释清楚这一切。"

"我们怎么回去?怎么知道该往哪个方向走?"利普尔问。

"阿斯拉姆会带领我们的。他在辛巴达老师那儿学会了如何根据太阳的位置确认我们所处的方位。你可以信赖他。"

"那你是怎么知道的?"利普尔问,"阿斯拉姆和你说的吗?"

"不,是他写给我看的。他用手指在沙子上写的。他认为我们今天就能进城。"

他们骑马走了一整天,几乎没有休息。

马越走越累,越走越慢了。刚开始几乎跟不上他们的穆克,现在已经远远地跑到前面去了。

四周的景物从戈壁沙漠渐渐地转换成一片岩石遍布的荒原,其间可以看到一些植物:坚挺的野草和小叶子的灌木丛。

他们越往前走,看到的景色越为不同。入目的绿色渐渐增多,令人感到越来越亲切了。突然,阿斯拉姆勒住他的马。哈米德的马也停住了。

"我们在这里过夜吗?"利普尔转过身问阿斯拉姆。阿斯拉姆否定地摇摇头,指了指前方。

利普尔眯起眼睛,努力地凝视着他指的方向。

在他们前方的地平线上,远远地耸立着一座城市,成千上万的白色平顶楼房鳞次栉比,沿着山丘向上延伸。房屋那么密集,让人觉得可以毫不费力地从这个屋顶踏上另一个屋顶,在整座城市上空漫游。在城市的正中,有着大大金色圆顶的建筑和旁边一座细长的、高高矗立的白色塔楼一同沐浴在红彤彤的晚霞中。

"那就是首都吗?"利普尔激动地问道,"真美丽!"

"你看见城门了吗?我们就是从那儿被押送出来的。"哈米德说,"山头上面那个金光闪闪的圆顶就是王宫。我就住在那儿。"接着,她又伤心地改口:"我曾经住在那儿。"

阿斯拉姆跳下马,利普尔、哈米德也跳下马。马儿开始在岩石之间的灌木丛中大口大口地吃起草来。

阿斯拉姆在四周寻找着什么,直至在岩石之间找到一块沙土地。他招手示意利普尔和哈米德过去,然后用手指在沙地上写道:"把马放走,不然人们会认出我们!"

"走着进城吗?"利普尔不高兴地说,"这段路可不近。"他在热沙子上面已经走了很多路了,两只脚现在还疼着呢。

阿斯拉姆点点头,抹掉了刚才写的那句话。利普尔和哈米德不解地看着他。

阿斯拉姆脱下他的白色上衣,放在一块粗糙的岩石上来回摩擦,直到衣服显得破旧、不再那么引人注目为止。随后,他又把上衣

撕开几条口子,从一个半干的水坑边抓来一把潮湿的泥巴,胡乱地涂抹在衣服上,使衣服看起来更脏、更旧。是的,他也把泥巴涂抹在了自己的头上和脸上。

"难道我们也要这样做吗?"利普尔拿不定主意地问道。而哈米德已经像弟弟那样做了。"你不明白吗?"她说着,同时用脏手在脸上和脖子上来回地抹,"我们的样子看起来太高贵,太高贵的孩子会惹人注目,脏兮兮的孩子没有人注意。你穿着这样奇怪的衣服也太惹眼!"

阿斯拉姆露出牙齿笑了笑,用他那双脏手在利普尔的睡衣上乱抓,还开始撕他的袖子。

"雅科布夫人肯定会骂我的!"利普尔抗议道,试图缩回自己的胳膊。

"菲利普!"阿斯拉姆叫道。或者⋯⋯是哈米德在叫?

"放开我!"利普尔大声喊道。

"菲利普!我必须叫醒你,不然你上学要迟到了!"

雅科布夫人使劲摇着利普尔的胳膊。

"菲利普!现在你必须清醒了!"

"唉,原来是您!"利普尔睡眼惺忪地说,然后从床上坐起来,"您都要把我的胳膊拽下来了。"

雅科布夫人大笑起来:"没有人想把你的胳膊拽下来。我只是想叫醒你!现在你终于醒了?赶快起床,去洗漱!我去给你准备早餐,听见了吗?"

"听见了,听见了。"利普尔说着下了床。

他迷迷糊糊地走进浴室,冲了个澡。这下子,他才终于清醒过来。

然后,他赶快穿好衣服,跑下楼,进了厨房。

星期三

穆　克

今天,雅科布夫人没忘记积分的事。

当利普尔来到厨房的时候,雅科布夫人已经将她喝的酸奶盖子上的积分卡洗干净,放在利普尔的早餐盘子旁边了。"谢谢您为我攒的积分!"利普尔说着,坐到自己的位子上,然后把积分卡装进了裤兜里。

"今天早晨你还是只喝酸奶吗?"雅科布夫人问道。

"是的。"他说道,"和您一样!"

"但是,你今天课间休息时要把面包吃掉!"雅科布夫人说,"别忘了从冰箱里拿出来!"

"好的,好的。"利普尔说,然后问道,"您知道我昨天夜里梦见什么了吗?"

"这我怎么会知道?"

"我梦见了一条狗。"利普尔说,"一条棕色的、忠诚的狗!"

"幸好那只是一个梦!"雅科布夫人说。

"为什么?"利普尔惊讶地问。

"狗会传染最严重的疾病,"她热心地向他解释,"例如,狂犬病。此外,狗身上经常有跳蚤!"

"不会的!"利普尔说,"再说那是狗身上的跳蚤,又不是人身上的跳蚤。"

"瞧你说的……狗身上的跳蚤,我们人身上也有!真恶心!我们根本无须争论这个问题。梦境像泡沫,很快就会破灭!"

利普尔也没有兴趣和她争论梦中的狗。于是他赶快喝完自己那份酸奶,再从冰箱里取出课间休息时吃的面包,然后上学去了。

正当他走出弗里德里希-吕克特大街,想转向赫尔德大街的时候,他像被钉子钉住了似的站住不动了。他凝视着马路对面,就在那里,他梦中见到的那条狗就坐在一个花园的篱笆前面!

利普尔穿过马路。

当他靠近那条狗时,狗也站了起来,摇着尾巴迎接他。它嗅了嗅利普尔的手,抬起头,充满期望地看着他。

毫无疑问,这就是穆克!它有一双同样明亮的眼睛,胸前有一块黑斑。难道它就是耶施克夫人昨天喂过的那条没有主人的狗吗?它的胸前也有这么一块黑斑。

"你好,穆克!"利普尔说。

狗使劲地摇着尾巴。

"我就叫你穆克,随便你是谁的狗吧。"利普尔说,"来,穆克,跟我来!"

狗果然顺从地跟着他走了。

"坐下,穆克,坐下!"那条狗真的坐下了,而且聚精会神地看着他。

利普尔从肩膀上取下书包,打开。

狗好奇地把嘴巴伸到利普尔的课本中间。

"去!"利普尔笑着说,把穆克的头推到一边,"你大概知道我要给你什么?"

他从书包侧面的小兜里把课间休息要吃的面包拿出来,掰下一小块,递给穆克。它小心地吃掉了利普尔手中的面包。

"还带着一点儿冰箱里的凉气。"利普尔抱歉地说。不过,穆克哀求似的叫起来,这表示它期望再多吃点那冰凉的面包。

就这样,利普尔一点一点地把面包全给了穆克,然后还和它一起玩了会儿"坐下、站起来"的游戏,直到他突然意识到自己还在上

学的路上,而他现在本应该已经到校了。

他赶忙慌张地向学校跑去。

穆克还以为这是一种新的游戏,于是一会儿跑到他前面,一会儿落在他后面,还试图去嗅他背上的书包,但并不是出于恶意,而是闹着玩儿的。

最后,利普尔气喘吁吁地来到学校。同学们已经开始上课了,校园里一个学生也看不见了,他们都进了教室!但是,要让狗懂得它不能跟着进学校是一件很困难的事情,它想和利普尔一起挤进学校的大门。利普尔耐心地对它解释,又再三抚摸它之后,用全身的力气把它推出去,然后赶快关上了大门。他在学校里面,穆克在外面,这很好!而不那么好的是,楼道里的大钟已经指向了八点十一分——八点钟就开始上课了!

他心情沉重地溜着墙根走。

忽然,他想到今天是星期三,于是立刻感觉好多了,小跑着奔向自己的教室。星期三的前两节课是格尔滕先生的绘画课(本来应该叫"美术教育课",但是连克劳波夫人也总是称之为"绘画课")。在格尔滕先生的课上迟到,不会像在克劳波夫人的课上迟到那么严重,因为克劳波夫人总是要求学生说对不起。

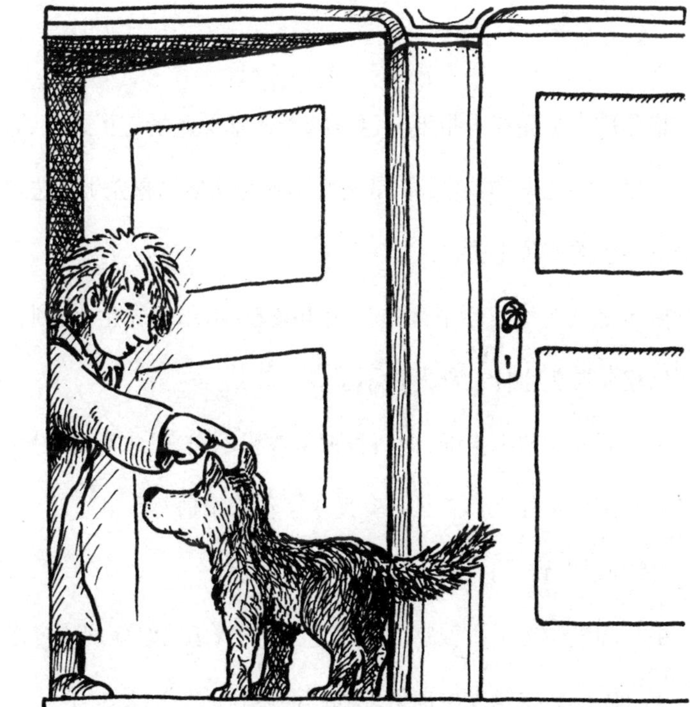

绘画课

格尔滕先生还在看报纸,这意味着这堂课还没有正式开始,而且艾尔维拉还在发作业本。于是利普尔就想从格尔滕先生身边悄悄地溜到自己的座位上去。

要不是艾尔维拉停下来并且大声喊着"格尔滕先生,皮利普迟到了",格尔滕先生什么都发觉不了。

格尔滕先生放下报纸,把口香糖从嘴里拿出来,包在锡纸里,问道:"怎么回事?什么?怎么了?发生了什么事情?"

"皮利普迟到了。"艾尔维拉重复了一遍。

格尔滕先生看了看教室。在这之前,利普尔已经坐到了自己的座位上。因此格尔滕先生惊讶地问:"谁迟到了?"

"皮利普!"艾尔维拉说。(这已经是第三次了。)

"艾尔维拉!"格尔滕先生合上了报纸,同时宽厚地说,"第一,他不叫皮利普,而是叫菲利普;第二,如果我没看错的话,他已经坐在自己的座位上了。一个已经坐在自己座位上的人就不算迟到了,对吧?"

他把这件事情解释清楚之后,迟疑地看了看报纸,大概是在考虑他是否要打开报纸再看一会儿。最后,他认为不值当那样做了。

于是,他从讲桌后面站了起来,说:"注意了,我们现在开始上课!"

大家都停止交谈,充满期待地看着格尔滕先生。

"注意了,我只解释一遍!"格尔滕先生宣布道,"第一,画草稿。要用铅笔,这很重要。你们听好了,用铅笔!不允许用圆珠笔,也不能用马克笔、蘸水笔、钢笔和水彩笔!

"第二,上色。要用水彩,这也很重要。不允许用蜡笔、粉笔、彩色铅笔和马克笔。

"第三,调色。你们要在你们的水彩盒盖子上调颜色。谁要是直接从颜料管上调颜色,谁就要倒霉了!

"第四,用纸。要用大张纸。注意,用大张纸!不允许把画儿画在方格纸、横格纸、本子的封面、草稿纸、笔记纸和你们习惯用的任何纸张上。

"还有问题吗?"

"可以在硬纸板上画吗?"利普尔问道。

"这是一个重要的问题!"格尔滕先生夸奖道,"可是,这么短的时间你能去哪里找来硬纸板呢?"

"图画本的封底!"利普尔回答。

"非常聪明!不,你们也不许在硬纸板上画。"格尔滕先生说道,"还有问题吗?"

芭芭拉举起手来问道:"我们到底应该画什么呢?"

"唉,我怎么把这一点忘记了呢!"格尔滕先生说,"在我这个年龄,这倒是会偶尔发生的事情。今天,你们要画自己最喜欢的动物。你们要考虑好,你们最喜欢什么动物,就在纸上画什么。好了,现在就开始吧!"

阿尔斯兰画了一头狮子。

哈米德画了一只鸟。那大概是一只金丝雀,无论如何,它蹲在一个鸟笼子里。

利普尔决定画一条狗。他一点儿也不讨厌画画,但他觉得写诗更好玩儿。所以,他决定把这两者结合起来。

在纸的上半部分,他画了一条狗,不是很大,但肉眼也能看得见。在纸的下半部分,他写了一首关于狗的诗。诗是这样的:

狗

狗是我最喜欢的动物,

它也有四条腿。

每个拐角一条腿,

相反,鱼儿却一条也没。

利普尔觉得这首诗写得很成功。格尔滕先生的看法却不同。他看着利普尔的"作品",思考了很长时间,终于说道:"第一,狗画得太小,它应该再大一些;第二,虽然我不是语文老师,但在我看来,诗的第三句和第四句不太成功。"

"为什么?"利普尔问,"它们是押韵的呀。"

格尔滕先生用大拇指的指甲挠着下巴(他思考的时候总是这样),说道:"第一,说狗有四个拐角是不合适的,也就是说,应该把'拐角'这个词修改一下;第二,为什么要把鱼写进一首题目为《狗》的诗里呢?"

利普尔不得不承认格尔滕先生说得对。

他把这首诗画掉,在下面又写了一首:

狗

狗是我最喜欢的动物,

它也有四条腿。

我叫它来它就来，

希望它常和我一起玩。

格尔滕先生对这首诗没有再提出什么意见。利普尔心满意足地和别的同学一起去休息了。

课间休息之后是克劳波夫人的听写课，之后是数学课，最后一节是音乐课。

短暂的下午

利普尔、阿尔斯兰和哈米德一起走出学校。他很好奇穆克会不会在外面等他。可是,他没有看见那条狗。

利普尔在赫尔德大街上不停地喊着"穆克,穆克",同时东张西望地寻找着。

"你在喊谁?"哈米德终于问道。

"你不是听见了吗?"利普尔回答。

"是听见了,可是,那个穆克是谁?"她问,"是我们班上的一个同学吗?"

"喂,说什么呢!"利普尔生气地说道,"你可是认识穆克的——它是一条狗。"

"我认识它吗?"哈米德问,"你从来没有对我说过那是一条狗。"

"我没有对任何人讲过。"利普尔说。

"你没有对任何人讲过?那你为什么呼唤它?"哈米德又问。

阿尔斯兰大笑起来。

"我呼唤它是因为……"

"因为什么?"哈米德问。

利普尔没有兴趣发表长长的声明。"因为我必须回家!再见,明天见!"他就这样中断了这次谈话。

这时候,他们已经走到了弗里德里希-吕克尔特大街上。利普尔向右拐,而那两兄妹继续往前走。

"明天见!"哈米德向他大声说道。阿尔斯兰笑着朝他摆了摆手。

利普尔回到家,正准备开门的时候,他看见了穆克:它蹲在耶施克夫人的家门口,守着一根骨头。而耶施克夫人正从厨房的窗户探出头来,高兴地注视着它。利普尔立刻穿过马路向她跑去。

"你好,耶施克夫人!它在这儿呀!我在到处找它呢。"他大声说道。

"你好,利普尔。"耶施克夫人说,"我又给了它一点儿吃的。我真的想知道它是谁家的狗,也许它找不到自己的家了,它的主人也很久没有见到它了。"

"我知道它叫什么。"利普尔说,"它叫穆克。"

"你从哪儿知道的?"

"我梦见它了!"

"你梦见它了?啊,希望这条狗也做了个梦,梦见自己叫穆克!"

125

耶施克夫人笑着说,"此外,你的'续梦'做得怎么样了?你梦到故事的结尾了吗?"

"做了,不过还没做完!我做了一个'续梦',但故事还没有结束。今天我要更早地上床睡觉,不然这个梦还是做不完。"

"这么说,你今天下午就不过来了,对吧?"耶施克夫人惋惜地说,"是的,做梦也很重要。那就明天再见吧!"

"再见!"利普尔一边大声说着,一边跑过马路回家了。

雅科布夫人训了他几句,因为他回来得太晚了,饭菜几乎都凉了。但利普尔根本没有听她在说什么,所以她很快就不再说了。他们只是闷头儿吃饭。吃完饭之后,利普尔帮忙擦盘子,然后,他就像每天下午一样,去做家庭作业了。

晚餐后,利普尔又尝试了一次询问他的那本书。当雅科布夫人回答"不行,你不能得到那本书"时,他也没有再坚持。利普尔决定立刻去睡觉。

"还有什么要做的吗?"他问。

"没有了。你这话是什么意思?"

"现在我想去睡觉。"

"睡觉?!你是不是病了?"

"没有,没有。我就是想睡觉。"

"睡觉?现在就睡觉?现在离睡觉的时间还早得很呢!你又在打什么主意了吧?你肯定不是真的想去睡觉!"

"是的,是真的!如果我累了,为什么就不能去睡觉呢?"利普尔问。

"这可有点儿不正常。外面天还大亮着呢!"

"天很快就黑了。"利普尔说。

因为雅科布夫人一直目瞪口呆地注视着他,难以置信地摇着头,他便再次向她保证:"天真的很快就要黑了!"

看到这样说也没有什么用,利普尔只得又补充道:"爸爸妈妈在家的时候,我只要觉得累了,就可以去睡觉!"

"你这句话是在暗示我不许你睡觉吗?!"她怒声说道,"去吧,如果你一定要去睡觉的话!"

利普尔愉快地说了声"晚安"就回自己房间了。在上床之前,他忽然又想起来,阿斯拉姆和哈米德曾经觉得他的衣服太奇怪了。他也能想象,一个人如果穿着睡衣在东方之国的城市里散步,那肯定是很引人注目的,即使事先把衣服搞得很脏很破旧,也难以避免。

难道他就没有一件不那么惹眼的衣服吗?一件白色的、属于东

方之国风格的服装,再加上头巾,就像那个城市里每个男人穿的那样的?对了!今年三月狂欢节时,他曾经把自己扮成哈吉哈莱福·欧马(就是他看过的东方之国故事里的一个人物)!那套衣服一定还在衣柜里的某个地方。

利普尔在他的衣柜里来回扒拉着,终于找到了那套衣服。他再扒拉了一会儿,头巾也找到了。这两样东西都皱皱巴巴的,看起来脏兮兮的,因为自那天穿过之后就被他随手扔进衣柜里了,既没有洗也没有熨。但他要的正是这种效果!

他很快脱下睡衣,穿上这套东方之国的服装。当利普尔重新躺到床上,想侧身而睡的时候,他发现衣服的口袋沉甸甸的:原来里面装着那支他找了三个月都没有找到的手电筒!

在狂欢节结束后的那个晚上,他去拜访了耶施克夫人,当时因为天黑,为了回家方便,他就带了这支手电筒。现在,它还在这件衣服的口袋里。

这东西很实用,利普尔想,当他夜里醒来时,如果身边有支手电筒,那就不用开灯了!

他仰面躺下,把被子向上拉了拉,盖住了脸。屋里变得更暗了。他真的睡着并立刻开始做起梦来。

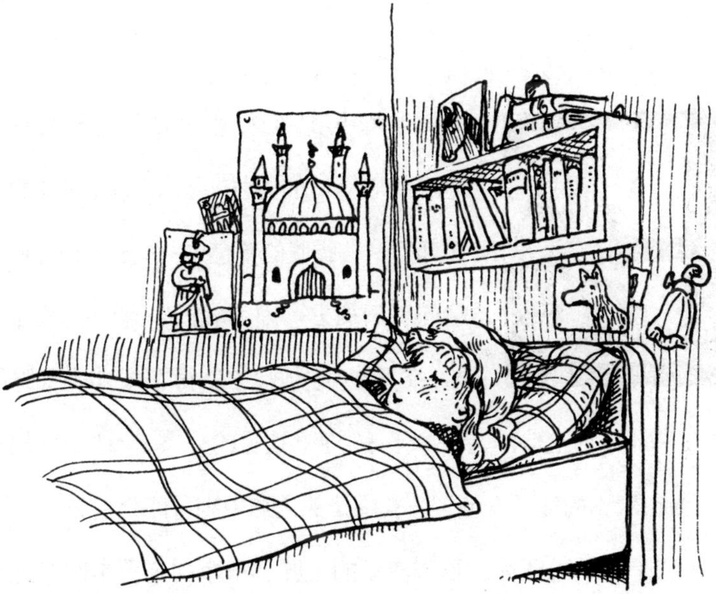

第三个梦

当利普尔、哈米德、阿斯拉姆和穆克一起来到城门口的时候,天色已晚,周围的一切都笼罩在朦胧的暮色中。许多人和他们一起向城门拥去。因为城门一到晚上就会关闭,谁不准时进城,谁就得在城外的荒野里过夜。利普尔把他的头巾拿下来,撕下长长的一条,拴住穆克的脖子,当作牵狗的绳子。他担心在拥挤的人群中狗可能会走失。

三个孩子隐藏在一群群流动的工匠、小贩和乞丐中间穿过城门,从守城士兵身边走过。一同进城的还有牧羊人和他们驱赶着的羊群、骑在驴背上的农民、骑着骆驼的商人和许多从地里劳动回来的孩子。

"我们在岩石那里把两匹马放走了是正确的。"利普尔小声对阿斯拉姆和哈米德说,"骑马的孩子在这儿一定很扎眼。"

阿斯拉姆点点头。

"你换了身衣服也很好。"哈米德补充道,"你那身奇怪的衣服也一定会惹人注目的。我们必须加快脚步,天马上就黑了。"

"真的,天马上就要黑下来了。"利普尔说,"可我们去哪儿过夜呢?"

"我们必须找一家便宜的青年旅馆。"哈米德说。

他们三个带着狗,在一条狭窄的小巷里一边走一边找。

此时,白天的炎热已经慢慢地消退了,傍晚习习的凉风穿过小巷,人们都从家里走了出来。

铜匠坐在作坊前的小板凳上用铜皮打造一个大水桶,编织凉鞋的匠人在用皮绳编织鞋面,一位裁缝在缝制一件条纹布的长袍,木工在门外刨木板,还有编筐师傅、木雕艺人、地毯编织匠人、吹玻璃匠人……大家都在热火朝天地工作。一些店铺门前,商人们在大声叫卖着,兜售自己的商品。

不久,他们就找到了要找的地方。他们看见一个牌子上写着:

野蛮哈里发青年旅馆,

在这里过夜舒适又便宜!

他们走进大门,来到了一个四周有许多小门的天井里。

一位老人靠着一根柱子席地而坐,嘴里含着什么,正在聚精会神地读一本书。

孩子们在他面前站了很长时间,他竟然都没有发觉。

为了引起他的注意,他们清了清嗓子,用脚发出一些轻微的响声,又拍了拍穆克的背,让它在天井里走来走去。

但是,老人仍在读书,完全不受影响。

最后,哈米德大声说:"您好,尊敬的老人!请您原谅我这样冒昧地对您说话,我们希望在您的旅馆里过夜。"

老人把书放到一边,从嘴里取出一粒枣核儿,包在一片无花果树叶里,然后装进长袍的一个口袋里。

他审视了一下这三个孩子和那条狗,然后说道:"第一,别人读书的时候不应该打扰,这样不礼貌;第二,老人读书的时候更不应该打扰,这样更不礼貌;第三,老人在读他最喜欢的书的时候,根本就不能打扰,这样非常不礼貌!你们的父母呢?难道只有你们这几个孩子要在这里过夜吗?"

"是的,是这样。请您饶恕我们,打扰您了。"哈米德说。

老人又仔细地观察了会儿这三个孩子,然后问道:"为什么只有小姑娘说话?"

"阿斯拉姆是个哑巴。"利普尔急忙说,"他不会说话。"

"你呢?你也是哑巴?为什么你不说话?"老人接着问。

"我不是说了吗?"利普尔说道。

"什么时候?"

"哎,我刚刚说过阿斯拉姆是个哑巴!"

老人想了一会儿,用大拇指的指甲挠了挠下巴:"是的,是这样。那你们说过你们父母在什么地方了吗?"

"尊敬的老人,我们没有说过。"哈米德回答道。

"第一,我根本没有问;第二,尽管如此,我还是想知道,你们的父母到底在哪儿?"

"他们……他们……"哈米德想要回答,但却口吃起来。

"他们在维也纳。"利普尔匆忙补充道。

"维也纳?维也纳是哪里?"老人吃惊地问道。

"那是在遥远的弗朗吉斯坦[1]的一座城市。"利普尔解释道。

"弗朗吉斯坦?那他们的骆驼队平安地从那儿回来了吗?"老人大声问道。

---

[1] 德国《豪夫童话》里的一个国度。

"大概回来了。"利普尔说着点了点头。

"可怜的孩子!没有父母陪在身边!"一个女人的声音在他们身后响起来。

他们一齐转过身。

一个胖胖的、戴着大银耳环的妇人从一个小门里走出来。她身穿肥大的东方之国的服装——至少有五层衬裙,这使她看起来不那么苗条,手里拿着一个高高的陶罐。

"我都听见了。"她友好地说道,"请原谅我的丈夫,他有时候太严厉。请你们先吃一点儿我自己腌制的蜜饯,然后再说!"

她把胖手直接伸进罐子里,抓出一把用蜂蜜腌的无花果干儿和葡萄干儿,往每个孩子的手里都塞了一把。

"真好吃!谢谢!"利普尔把葡萄干儿塞进嘴里之后,说道。

老人用责备的目光看着自己的妻子,对她说:"第一,你为什么这样随便地打断我的话?这是很不礼貌的;第二,你怎么知道,这些孩子有能力支付在这里过夜的费用?"

"哎哟,去你的什么第一、第二、第三吧!"胖妇人大笑着说,同时舔了舔自己手指上的蜂蜜,"第一,我打断了你的话,是因为我偶然听见了你们所说的一切;第二,这些孩子如果没有过夜的钱,他们就不会走进一家青年旅馆;第三,我看到这个小姑娘的手腕上戴着一只金手镯,上面还镶有一颗红宝石,这个镯子的价值足够裁缝拉巴坎一家人及其所有的亲戚在这儿住一年的!众所周知,在这个地方,拉巴坎家的亲戚是最多的。"

哈米德惊慌失措,赶快把手镯藏进了袖筒里。

胖妇人笑了:"现在你已经藏不住了!但是,不用害怕,我不会把它偷去的。"

哈米德窘迫地说:"可惜不是您想的那样,尊敬的夫人。我们真的没有钱。"

"现在你听见了吧!"老人得胜似的说道,"没有钱,一个第纳尔①也没有!完全同我想的一样。"

"但是,明天或者后天,我们就会把钱给您,甚至比您要求的还要多。"哈米德恳求道。

"没有钱就不能在这里过夜!"老人说,"谁能担保你们会遵守承诺?万一你们父母的骆驼队回不来了呢!路上不仅有强盗,而且有野兽!"

"你怎么能说这样的话?!你是不是想吓唬他们?"胖妇人不高兴

---

①一种货币单位。

地对自己的丈夫说道。然后,她转过身,对着孩子们说道:"你们一定要理解,我们靠经营这家旅馆为生,我们不能无偿让你们过夜。"

"我们会把钱给你们送来的,肯定会。"哈米德保证。

"我有一个办法。"胖妇人说道,"你把手镯交给我作为抵押,让我来保管它,直到你们的账单付清为止。然后,你就可以把手镯拿回去了。"

"不,这……恐怕不行。"哈米德说,"我不能把手镯交出来。"

"那我也就不能让你们住下来了。很遗憾,亲爱的孩子们,"胖妇人说,"我很乐意送给你们一点儿蜜钱,但是我不能让你们留下来过夜。"

"那我们就不得不走了。"哈米德伤心地说。

孩子们慢慢地向天井外走去。穆克甚至也有些垂头丧气,好像它也懂得人家把他们轰出来了似的。

"你为什么不能把手镯抵押给她呢?"当他们在夕阳的余晖中走回巷子里的时候,利普尔问道,"你肯定会重新拿回来的。当阿斯拉姆可以说话的时候,你们的父王就会知道真相,然后他就会帮你们付过夜的钱。"

"我不能交出手镯。手镯内侧镌刻着我的名字和王室的族徽。如果那个胖妇人看见了,她就会知道我是公主。"哈米德说,"我们有没有自己挣钱的可能呢?"

"怎么挣钱?"利普尔问,"你是公主呀,你什么都不会,而阿斯拉姆连话都不能说。"

"你为什么说这样的话?"哈米德感到很受伤,"为什么我什么都不会呢?"

"啊,公主从来不干活儿吧?只有干活儿才能挣钱。"

"我会唱歌,还会伴奏。"哈米德说,"阿斯拉姆会的更多,比你会的东西多。不管怎么说,辛巴达曾经是他的老师。"

"这有什么用,反正他不能说话。"利普尔没好气儿地自言自语道。

"唱歌和伴奏绝对是不坏的主意。"哈米德说,"我们可以在市场上、在店铺门口表演。很多音乐人、演员和说书人都会在那些地方表演。就这样!我们伴奏,穆克负责表演杂技!穆克会很多本领,甚至会用两条腿走路。对不对,阿斯拉姆?"

阿斯拉姆点点头。看起来,他好像有什么想法。

"可是,我们现在不能在市场上表演了。天已经黑了。"利普尔提出异议。

"看来你不知道什么是市场!"哈米德大笑起来,"白天那里空荡荡的,因为天气太热。但现在,也就是晚上,那里会有成千上万的人,没有人会待在家里。他们买的买,卖的卖,有人干活儿,有人散步。而我们要去表演节目!阿斯拉姆会打手鼓,我们去找一只桶或者类似的东西,让他当手鼓用。我会吹笛子,要是我们能找到一根管子就好了,阿斯拉姆很快就能做出一根笛子来。你呢?你最拿手的是什么?"

"可惜我不会任何乐器。"利普尔尴尬地说,"我的音乐不及格。"

"那你也不会唱歌吗?"哈米德问。

利普尔羞愧地摇摇头。

"这没有关系!"哈米德安慰他说,"你可以捧着头巾来来回回收钱。对了,你会表演体操吗?或者倒立?后空翻也行,人们也很爱看!"

"体育我也不及格。"利普尔惋惜地说,"不过那是在夏天。冬天的体育课我及格了,因为那时候我们会去室内游泳池测试游泳。我的游泳成绩还不错!"

哈米德大笑起来:"在市场上你可表演不了游泳!"

"德语我得了个'优'。"利普尔强调说,"我诗写得好。"

"那好吧。只要你能把钱收上来就行。"哈米德说,"这件事必须有人来做。现在让我们去给阿斯拉姆找一个手鼓吧!"

走出这条狭窄的小巷,他们来到一条宽阔的大路上。

"这是城市的主干道,"哈米德解释说,"向左通向王宫,向右通向市场。好,我们现在向右边走!"

这时,从右边来了几个骑着马的人。他们不得不在散步的人群中开辟出一条路,毕竟傍晚的大街上十分热闹。

阿斯拉姆突然站住不动了,并且把利普尔和哈米德也拉了回来。

"怎么了?"哈米德问。

"你想干什么?"利普尔问。

阿斯拉姆摇摇头,一边把食指放在嘴唇上,示意现在不要说话,一边凝视着骑马的人。

然后,他点点头,确认了自己的猜测后,立刻拉着利普尔和哈米德躲到一处门廊昏暗的阴影里。穆克叫了几声,因为它也突然被拉了进去。

骑马人离他们越来越近了。

马背上是三个穿黑衣服的男人。其中两人的手里还拉着两匹没有人骑的马的缰绳。

"让开!让开!"看起来像王宫侍卫长的骑马人大声喊道,同时赶

着马穿过人群。

利普尔听到这个声音大吃一惊,连气都不敢喘了。阿斯拉姆弯下腰,抓住穆克的嘴巴,这样它就不能叫了。骑马人终于走了过去。

"这就是押送我们的那几个侍卫!"利普尔小声说道。

阿斯拉姆点点头。

"他们找到了自己的马并且回来了。真糟糕!"

"他们回来了,这还不是最糟糕的。"哈米德小声说道,"你们看见那两匹没有人骑的马了吗?那才是最糟糕的!"

"为什么?"利普尔问。

"那是我们的马!你没有认出它们来吗?他们找到了我们的马。现在,他们知道了我们还活着。不仅如此,他们应该猜到我们也回了城里!"

"你认为他们正在寻找我们?"

"今天晚上他们肯定找不着了,毕竟天太黑了。但是,明天白天我们必须小心。"

"现在,跟我来,到市场那边去!幸亏他们没有看见我们。"

阿斯拉姆带着穆克走在前面,哈米德紧跟着他。利普尔正想从漆黑的门廊里走出来的时候,他听到身后的一扇门被打开了。

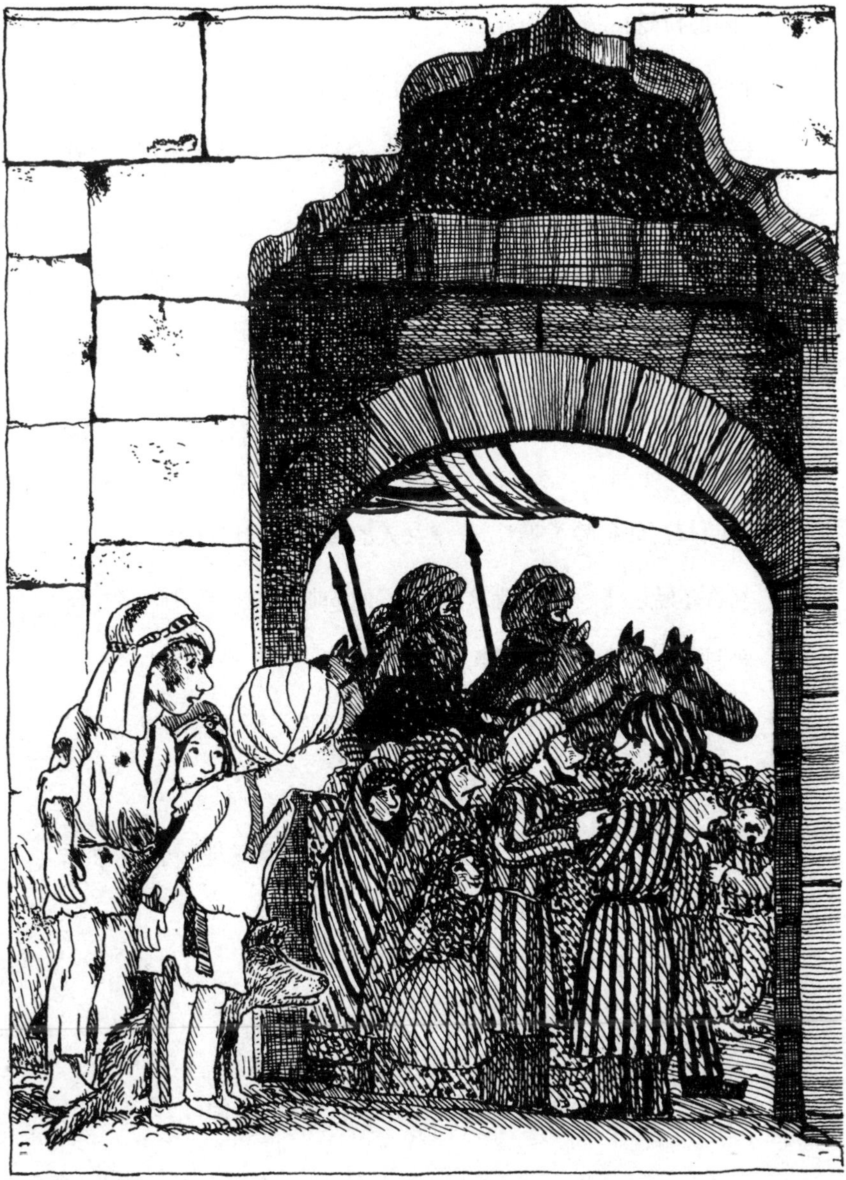

"阿斯拉姆!"他喊道。

但是,阿斯拉姆没有回头,继续往前走了。

一道光从开着的门缝儿里射出来。在狭长的光带里出现了一个脑袋,一个女人的脑袋。

利普尔想跑开,但他的腿却无法动弹。

"阿斯拉姆!"他再次喊道。

门完全开了,他的周围一下子亮了起来。

"菲利普,你做梦了吗?"一个女人的声音在门口问道。

利普尔眨巴了一下眼睛,灯光晃着他的眼。

雅科布夫人从门口向房间内张望。

"我没想叫醒你。对不起!我只是想看看你是不是真的睡觉了。"她小声说道,"不打扰你了,继续睡吧!"

她轻轻地关上门走了。"讨厌!"利普尔睡意蒙眬地嘟囔道,然后伸了个懒腰,又睡着了。他很快回到了刚才的梦中。

市场里一片灯火通明。

商店的门口都插着火把,工匠铺的门口挂的是油灯,人们将晒干的骆驼粪投进露天的火炉中作燃料,来烧水泡茶。

哈米德勇敢地站在市场中央的广场上。

阿斯拉姆站在她身旁,手里拿着一个凹凸不平的旧铁锅当手鼓,穆克蹲在他面前,好奇地盯着他看。

为了引起人们的注意,阿斯拉姆开始打起手鼓。

人们好奇地围拢过来。

哈米德深深地吸了一口气,尽可能大声地喊了起来:"尊贵的先生们,高贵的女士们!智慧的文人们,精明的商人们,能干的工人师傅们!所有这座城市尊贵的市民们!大家都过来呀!

"过来吧!放下你们手中的活计,放下你们的茶杯!关上你们的店门!过来吧!从家里走出来吧!我们要在这里表演独一无二的戏剧,不是你们每天都能看到的!穆克,一条狗,将要表演无可比拟的杂技,而我哥哥和我将用音乐为它伴奏!

"那边那位戴头巾的年轻人,将冒昧地请求大家给一点儿赏钱!小钱、大钱与金币,来者不拒,多多益善!"

利普尔感到自己的脸"唰"地一下子红了。他窘迫地看着地面。

"听起来口气不小哇!"围观的人们说道。

"看看他们会表演什么!"站在利普尔身后的一个人说。

"说不定真有些什么特别的本事。让我们瞧瞧。这样的表演可不是每天都能看到的！"

利普尔听到周围的人们在议论纷纷，胆子也大了些。他取下自己的头巾，准备收取大家投给他的钱。

哈米德喊道："好了，表演现在开始！请大家注意这第一首乐曲！"

她向阿斯拉姆点点头。他开始打起了手鼓，哈米德也吹起了笛子。

那声音听起来不是很好听，也不是很响亮。阿斯拉姆虽然使出了最大的力气，但是，用一根粗芦苇很难制作出特别好的笛子。观众开始发出不满的嘘声。

"你们想把我们当傻瓜吧？"一个男人说道，"我五岁的女儿都比你们表演得好上十倍！"

"这算什么呀？停止！收摊儿吧！"人们七嘴八舌地叫起来。有几个人真的走开了。

哈米德的曲子还没吹完就停住了。阿斯拉姆没有觉察到她已经停下，又继续打了一阵手鼓才停下来。

越来越多的人回到自己的店铺和家里去了。

"不要走开!"哈米德大声喊道,"高潮即将到来。现在是独一无二的驯狗表演!穆克,把你的本领展示一下!"

"如果它的表现也同你们的音乐一样,那你们得到的就不是钱,而是另外一样东西了!"

人们大笑起来。

阿斯拉姆用手鼓给了一个信号。穆克用两条后腿站立起来。阿斯拉姆朝它又招招手,穆克摇摇晃晃地向前走了两步,然后就把两条前腿放了下来,不高兴地看着阿斯拉姆。它已经习惯了阿斯拉姆的口令,让它干什么它就会干什么。可是,阿斯拉姆现在不能说话,他只得寄希望于穆克能懂得他用音乐给出的指令。

阿斯拉姆再次招了招手,穆克再次用后腿站立起来。

"这条狗到底什么时候才会走呀?"有人大声问道。

"你们很快就会看到了!"哈米德保证道,"你们看吧,看这条狗都会什么!"

"会站立不新鲜,人们每天都看得见!"一个男人说道,"上个星期就有一个大骗子带着两条狗和一条蛇来这边。狗会打鼓,蛇会跳舞。让你的狗也打打鼓吧!"

"我相信你也会打鼓,对不对?"哈米德小声对穆克说。

阿斯拉姆摇了摇头。

"这太不像话了!这几个孩子把我们当成傻瓜了!不要脸!我们不能让他们这样骗人!"

观众愤怒地叫喊起来,开始把骆驼粪扔向阿斯拉姆、哈米德和狗。

哈米德哭了,她不知道该怎么办了。

这时候,利普尔再也忍不住了。

他心一横,挤过咒骂的人群,来到哈米德跟前,从阿斯拉姆手中拿过手鼓开始打起来,直到所有人都目瞪口呆地看着他,他才大声说道:"女士们,先生们!你们刚才看到的仅仅是序幕,那是利普尔诗歌朗诵的序幕。你们不要走开!请注意观看!现在表演才刚刚开始!"

"你要干什么?你疯了!"哈米德小声对他说道,"你可不能和他们开玩笑,否则他们一会儿扔过来的就不是骆驼粪,而是石头了!我们还是赶紧走吧!"

但是,利普尔仍然站在哈米德身边,继续打着手鼓,直到大家都安静下来。在一片静默中,他大声朗诵起来:

现在不走的人最明智,

因为魔术表演即将开始。

每一个大人，每一个孩子，

　　　都会看到接下来的精彩表演。

　　那些走开的人听不到利普尔说了什么，

　　　更看不到利普尔在这里——

　　　在这个广场上干了什么！

"这小家伙的诗作得还真不赖！"人群中有人赞美道，"现在，他终于拿出真本事来了。"

　　　要看利普尔的魔术表演，

　　　那就绝对不能现在离开！

利普尔继续朗诵他的诗。

"嘿，利普尔，我们明白你的意思了！"一位观众大声喊道，"你的诗不错，快变你的魔术吧！"

利普尔没有因为他的夸奖乱了自己的方寸。

　　　谁现在走开，谁将会后悔！

　　　谁留在这里，谁就会开心！

　　　因为只有留在利普尔身边的人，

　　　　才能看到利普尔的表演。

　　　谁现在不走，谁就能亲眼

看到利普尔伟大的魔术表演！

魔术表演，干净利索，

现在表演即将开始！

几个观众大笑起来。"让我们看看他宣布开始到底能宣布多久！"一位老人说道，"无论如何，他的诗作得不错。"

然而，大多数人已经开始发起牢骚来了。有人喊道："行了，快开始表演吧！"

利普尔从衣服口袋里掏出了一支手电筒，高高地举过头顶，来回摇晃了几下，同时大声说道：

这个东西，我现在摇晃的这个东西，

是一支银火把，它有惊人的魔力！

然后，他给周围的人展示了一下他的手电筒。

站在前排的一位银匠问道："我可以再近距离地看看你的魔术火把吗？"

"请吧！"利普尔说着，慷慨地把手电筒递给了他。

银匠端详着手电筒，从各个角度进行了一番研究，然后对周围的人说："这是一个小小的、圆圆的东西，做工精致，用的是一整块金属，我还从未见过。它闪着银光，但却不是银质的。它的顶端是一片加工精美的圆形玻璃,非常漂亮!可是,他要怎么点亮这支火把呢?众所周知,玻璃是点不着的!"

接下来,他把手电筒递给旁边的人,那个人也同样看了个仔细。就这样,手电筒从一个人手中传到另一个人手中,大家全都赞不绝口。

但是,一个人说:"这样一支火把虽然很好看,但却不能点亮!"所有人都点头赞成他的话。

当手电筒终于又传回利普尔手中的时候,他高高地举起手电筒,庄严地说道:

这支奇异的火把现在还没有点亮。

但是,如果利普尔说一声"奥斯拉姆",

它就会自动发射出明亮的魔光!

"你吹牛!"一个胖胖的商人大声说道,"我卖火把卖了二十年,我知道,玻璃是根本点不着的。"

利普尔用右手举起手电筒,把大拇指放在小小的开关上,左手在空中一挥,并大声喊道:"奥斯拉姆!"与此同时,他的右手拇指把手电筒的开关推了上去。

那是一支装有四节电池的、性能最好的长手电筒,所以光柱很

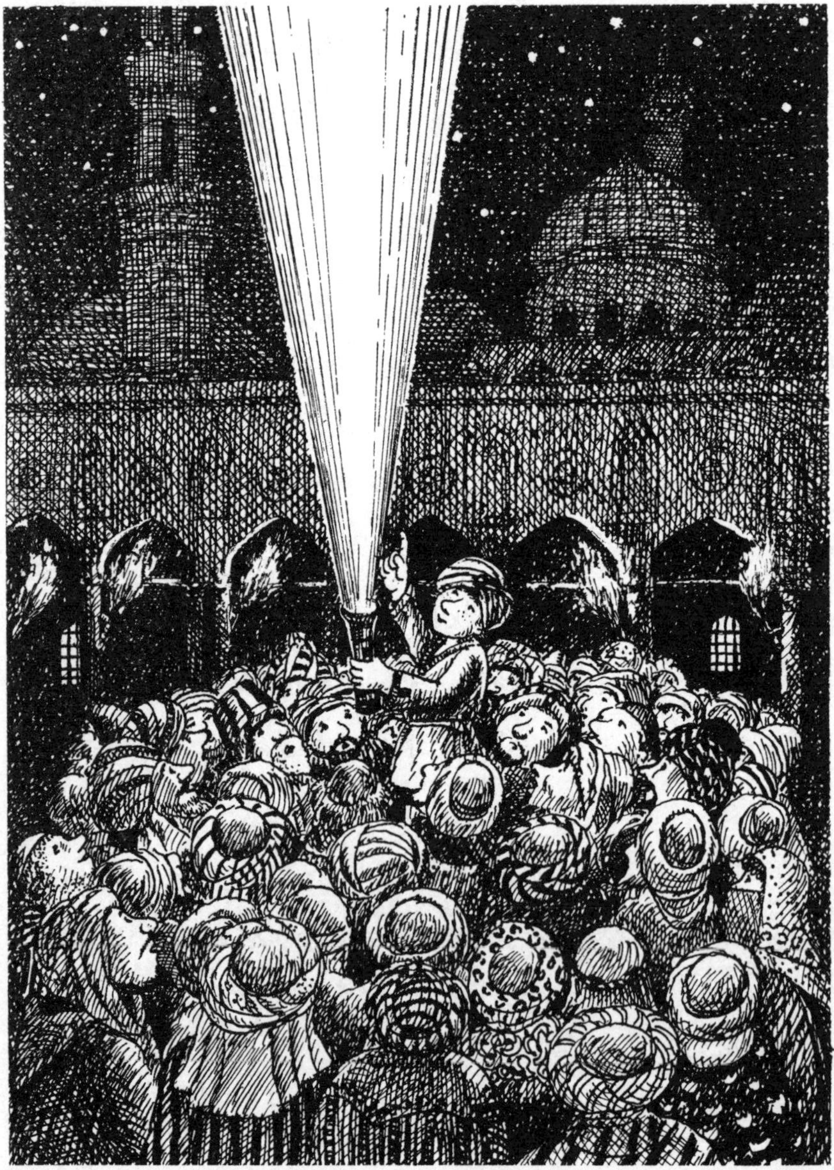

明亮！

只听人群中响起一阵惊呼。

利普尔把手电筒的光柱对准那个胖商人,说道:"这里到底谁在吹牛?"

商人用手挡住眼睛,强烈的光把他照得眼花缭乱。他大声说道:"请原谅,请原谅,利普尔!这真是一支最神奇的火把!比我出售的任何火把都更明亮!"

"我也这样认为。"利普尔骄傲地说。然后,他又转动了一下手电筒的上部,把光柱凝聚成一束光,对准远处的一座房屋。

虽然那座房屋在百步开外,但当利普尔挥动手电筒时,人们仍然能看到一个明亮的光圈在那座房屋的外墙上飞来飞去。

四面八方再次响起一片惊呼声。接着,利普尔把光柱直立起来。

同这个季节的每一天一样,天气疯狂地变化着:明明白天一整天都阳光灿烂,此时的城市上空却布满了乌云。

观众们随着手电筒的光柱移动着目光,一个个都惊得目瞪口呆。随后,他们再次惊呼起来,因为他们看到光柱竟然能在云间漫游。

"他的火把那么亮,甚至能够照亮天空!那一定是一束非常强烈

的火焰！小心，不要靠他太近！"很多人开始叫嚷起来。后面的观众则喊道："我们什么都没看见！魔术师利普尔应该把那个东西再举高一点儿，我们也想看看那支奇妙的火把！"

一个大木箱子被推到前面来，利普尔站到箱子上，这样他就可以越过观众们的头顶向远处瞭望了。

他把手电筒来回摇晃了几下之后，举起左手，像施展魔法似的穿过光柱，庄严地说了一声："密西西比！"

他的右手大拇指同时关闭了手电筒。

四周掌声雷动。人们高声喊道："再来一次！再来一次！"掌声像发了疯似的久久不停。这时候，阿斯拉姆和哈米德也热情地跳到了木箱上。

利普尔举起左手，大家立刻安静下来。他用左手在手电筒上方摇摆了几下，说了声"奥斯拉姆"，手电筒又亮了起来。他再次将左手在手电筒上方摆动了几下，说了声"密西西比"，手电筒就又熄灭了。

"这支火把竟然听他的命令！"周围的人敬畏地说道，"他根本没有用火去点。只要他发出命令，火把就自动点亮了。真是一盏'神灯'！"

利普尔等了一会儿，直到交头接耳和大声叫好的声音都渐渐平息下去,他才大声说道:"这只是我的魔术表演的第一部分。在第二部分,我将用我赤裸的手去摸神奇火把的炽热火焰而不被烧伤。但是,在我进入第二部分表演之前,我想请尊敬的观众们做出一点儿小小的表示。"

他从头上取下头巾,塞到阿斯拉姆的手里:"快去观众中收钱!"

然后,他继续大声说道:"现在,我的朋友要从你们身边走过,请求你们给予小小的打赏。你们知道的,你们打赏得越多,我的魔术表演就会越精彩!等你们打赏完之后,神灯将会再次点亮!"

这时,一个刚才看过表演的男孩勇敢地挤到前面来,也像利普尔那样大声喊道:"奥斯拉姆!"

利普尔轻蔑地笑着,大声说道:

别人说"奥斯拉姆",

神灯绝对不会点亮。

只有我说出这个词,

它才会立刻发出神奇的光!

接着,他就大声喊了句"奥斯拉姆",然后又很快地喊了声"密西西比",同时配合着将手电筒打开又关闭。

这一次的掌声更热烈了。在场的人几乎没有一个不给钱的,至少也会往头巾里投入一块钱。

利普尔再次登上木箱,打了个手势,宣告他要继续表演了。

他喊了一声"奥斯拉姆",并打开手电筒开关。随后,他郑重其事地伸出食指,放到了手电筒的前罩玻璃上。

一阵恐惧的叫喊声响彻人群。

利普尔让手指在手电筒的前罩玻璃上面停留了一分钟,然后伸出来给大家看:手指不仅没有被烧焦,甚至连最微小的水疱都没有!

四周又响起一阵热烈的掌声。

接着,利普尔举起左臂,把手电筒伸进左臂的袖子中。透过薄薄的衣料,人们看到燃烧着的神奇火把顺着袖子向衣服里滑去,一直掉到了利普尔的肚子上。

观众再次叫喊起来。胆小的人都闭上了眼睛,一个女人甚至吓得昏了过去,人们不得不把她抬走。

然而,利普尔的衣服并没有像观众担心的那样被烧着。利普尔漫不经心地抓住衣服领子,从那儿把手电筒掏了出来。

他用手势表示,接下来他要表演更惊险的节目了。等大家变得鸦雀无声的时候,他张开嘴,把手电筒的前端送进嘴里,并尽量鼓起两腮。

"难以置信！他的脑袋在燃烧！脑袋真的通红通红！快看哪,他的脑袋在闪闪发光呢！"有人尖叫道。

其他观众都屏住呼吸,大气也不敢出。

利普尔从嘴里把手电筒拿出来,又说了声"密西西比",然后弯腰鞠了一躬。

掌声再次响了起来,而且经久不息。

然而,就在这时,掌声之中突然混入一阵急促的马蹄声。三个身披黑斗篷的骑士正沿着大街向市场这边飞驰而来。利普尔站在木箱上面,率先看到了他们。

"侍卫！侍卫们向这边来了！赶快离开这儿！"利普尔喊道。

阿斯拉姆把装满钱的头巾夹在腋下,混入拥挤的人群。哈米德牵着穆克紧跟着他,利普尔跟在最后。但他们只能缓慢地前行。

侍卫们赶着马,肆无忌惮地从人群中穿过。他们离得越来越近了。

就在这一瞬间,一阵猛烈的狂风掠过集市广场。几秒钟之后,大雨倾盆而至,所有的火把都熄灭了,广场上一片漆黑,人们四散奔跑着找地方避雨。

侍卫们徒劳地寻找着那三个孩子,但他们早已在黑暗中,在奔跑呼喊着的人群中,消失得无影无踪。

利普尔跟在阿斯拉姆和哈米德后面跑进一条小巷。哈米德在拥挤的人群中松开了拴狗的绳子,好在穆克还是及时跟上来了。

过了片刻,他们气喘吁吁地站住,仔细听了听周围的动静。小巷里静悄悄的,四周一片昏暗,他们完全听不到侍卫的马蹄声。

雨也早就停了。

"这发疯般的天气倒干了一件好事。"利普尔小声说着,摇了摇头,甩掉头上的水珠,"雨下得真是时候!"

不一会儿,他们又站在"野蛮哈里发"青年旅馆门前了。旅馆大门已经关闭。利普尔开始敲门。

那个胖妇人的脸出现在门上的小窗口里。

"啊,原来是你们!可怜的孩子们!瞧你们淋得像出水的老鼠一般!"她同情地说道,"等一等,我给你们开门!但是,你们要轻一点儿,否则我丈夫会被惊醒的!"

她打开大门,让三个孩子和狗进来。

"我总不能让你们就这样湿淋淋地站在外面吧。"她说,"可是我不能给你们一个房间,我丈夫不会同意的。我们有一个驴圈,你们可以在那里过夜,那里有草,可以钻进去睡觉。"

"我们不要去驴圈,现在我们有足够的钱。"利普尔说。

"真的吗?"胖妇人问道。

阿斯拉姆捧起头巾,利普尔打开手电筒,照向头巾,只见里面尽是大大小小的钱币。

胖妇人简直不知道自己是为了什么而感到吃惊了,是为那些钱币,还是为那罕见的光。

于是,他们三个被带到一个最好的房间,那里有用新鲜的麦草填充的褥子,还有用来御寒的驼毛毯子。

利普尔睡到其中一个草褥子上,盖上毯子,准备睡觉。

夜里,不知道什么时候,他听到哈米德在房间里走来走去,同时轻轻地呼唤:"阿斯拉姆?阿斯拉姆,你在哪儿?"

利普尔想坐起来,但他不知道自己是否已经睡着了。

"利普尔!"哈米德又小声地喊他,"利普尔,你睡着了吗?"

"你能不能把你那支奇异的火把点亮?我觉得阿斯拉姆不在这里了。"她小声说道。

利普尔打开手电筒。阿斯拉姆睡觉的地方果然空了。在他那床草褥子前面躺着的穆克也不见了。

"天哪,他真的走了!"哈米德吃惊地说道,"他会去哪儿呢?我们

应不应该去找他?"

"我们还是在这里等他更好。"利普尔说,"他一定会回来的。"

"如果他不回来呢?"

"阿斯拉姆会回来的。"利普尔安慰她道,"肯定会的!"

"利普尔,"过了一会儿,哈米德说,"利普尔,我们还没有谢谢你呢。"

"谢我?为什么?"他问道。

"为了你的魔术表演,为了你挣来的这么多钱。没有你,我们就要在马路上过夜了。"

"咳,这算什么,这又不难……就是用这支手电筒……"利普尔不好意思地说。

"你到底是从哪儿弄到的这支神奇的火把呀?"

"嗯,这是我在席勒大街上的乌茨电器商店……我是说……我想说……"利普尔觉得自己越来越糊涂了。奇怪,在这个东方之国哪里有电器商店?席勒大街……是呀,这是在什么地方呢?

"我是说……我想说……"利普尔有些语无伦次了。

席勒大街就在学校右边不远处……学校?

"我……"利普尔说到这里,忽然就醒了。

他在自己家里,躺在自己的床上。

他的枕头旁边放着他的头巾。头巾是在他睡着的时候滑下去的。利普尔摊开头巾看了看:可惜里面空空如也,一个钱币也没有!

星期四

一个非同寻常的早晨

利普尔坐起来,看了看自己的手表——差一刻七点,这恰恰是雅科布夫人平常叫醒他的时间。

他在床边又坐了几分钟,等待雅科布夫人进来。可是,五分钟过去了,雅科布夫人还没有来。他便自己下床,准备去洗漱。

当他经过爸爸妈妈的卧室时——现在雅科布夫人在那间屋里就寝——雅科布夫人突然冲了出来。

她十分激动,颤抖的双手抓着睡衣,同时大声喊道:"菲利普!天哪,我睡过头了!我的闹钟停了!现在到底几点了?你有表吗?我们怎么办呢?"她平时一向梳理得整整齐齐的头发,现在乱蓬蓬地散落在脸上。

"一切都来得及,雅科布夫人!我自己醒了。现在还不到七点。"利普尔安慰她说。

"那我就放心了!"雅科布夫人松了一口气,"如果你父母知道发

生了这样的事情,那他们会说什么呢?"

"反正我爸妈不会知道的。即使他们知道了,也没那么严重,我又没有迟到。"利普尔说。

"你真是个好孩子,菲利普。"雅科布夫人说着,抚摸了一下利普尔的头,"让我先用一下洗漱间好吗?只要两分钟,然后你再进去。"

利普尔在等候的时候想,也许雅科布夫人并不那么让人讨厌,本来她也挺好的。

但是,当她五分钟之后从洗漱间出来的时候,又完全和平时一样了。她的头发梳理好了,睡衣的扣子也都扣上了,说话的声音也恢复正常了。她说:"现在,你可以进去了,菲利普!动作快点,你知道的,你的时间不多了!别忘了刷牙!我下去准备早餐。"

和平常一样,利普尔早餐只喝酸奶。今天,雅科布夫人也想到了积分,所以利普尔攒的积分总数又多了两分。也许到周末他就能攒够一百分!

"要不要我像昨天那样为你准备一份课间休息吃的面包?"雅科布夫人问。

"两片更好!"

"两片？你瞧，必须给孩子们提供正确的东西！一片涂了黄油的面包胜过一包巧克力薯条一千倍。"

"是巧克力条！"利普尔纠正道。

"还要抹黄油吗？"

"还是夹点香肠更好。"利普尔说。他想，穆克应该会觉得香肠面包比黄油面包更好吃。

"香肠好吃，香肠给人力量！"雅科布夫人夸奖道，"别忘了带雨衣。昨天你就忘记了。"

"昨天根本没有下雨！"利普尔说。

"可是昨天夜里下了！"雅科布夫人说。

"我不喜欢穿雨衣。"利普尔嘟囔道。

"对我来说无所谓，反正我不会被淋湿。"她说着，放他走了。

利普尔在上学的路上不停地东张西望，嘴里喊着穆克的名字。但穆克始终没有出现。这样一来，他就不能把香肠面包给穆克吃了。

今天不用那么匆忙了，学校的钟显示现在是差五分八点。

他从容地沿着走廊慢慢地向前溜达。突然，他像脚下生了根似的站住不动了：教室门口纸篓旁边的地上躺着一只他梦中看到过的手镯！利普尔凝视了片刻，没敢把它捡起来。他害怕一旦那样做了，

163

他会立刻醒来,并确认这也是一场梦。

最后,他还是弯腰捡起了那只手镯。毫无疑问,这就是公主的金手镯,一点儿没错!无论大小、形状、款式,还是那颗红宝石,全都和梦中见过的一模一样。

利普尔完全糊涂了。他梦中的东西怎么会跑到学校里来呢?

"早上好,利普尔。"有人在他身边问候。是哈米德从教室里走了出来。"你手里拿着的是我的手镯!是你捡到的吗?太好了!我在教室里到处寻找都没找到,原来它在这儿。太谢谢你了!"她大声说着,从目瞪口呆的利普尔手中拿过手镯,戴到自己的手腕上。

"谁说这手镯是你的?"利普尔说道,"这根本不是你的!"

"当然是我的!我昨天就已经戴着它了。你没有看见吗?"

"昨天?"利普尔问道,"我不知道。它真的属于你吗?"

"是的,它属于我!"哈米德一边保证,一边和利普尔一起走进教室。

"阿尔斯兰在哪儿?"利普尔问,"他还没有回来?"

哈米德不知如何回答。"他……他走了,他今天不来了。"她小声说道,"但是你不要泄露他走了这件事!"

"阿斯拉姆走了……"利普尔说道,像是在自言自语,"这么说,

他一直没有回来!"

"是阿尔斯兰。"哈米德纠正道。

"随便他叫什么,"利普尔说,"反正都一样。"

克劳波夫人来了之后,询问阿尔斯兰怎么没来。哈米德回答说他生病了,大概是感冒了。

利普尔整个上午都神不守舍。他凝视着哈米德手腕上的手镯,不时地摇摇头,口中念念有词,根本不能集中精神听讲。

即便是在他最喜欢的德语课上也是如此。克劳波夫人向他提问了两次,他都没有意识到对方是在和他讲话,直到她第三次提问的时候,他也还是不能回答她的问题。

"菲利普,你到底是怎么了?"她问,"我知道你有时候耽于幻想,但是,像今天这样精神不集中的情况我还从来没有见过。我有些担心,是不是你也病了?或许你是被阿尔斯兰传染了?你妈妈应该给你量量体温!"

"我妈妈不能给我量体温,她不在家,下星期一才回来。"利普尔说。

"你爸爸呢?"

"他也不在!"

"啊,难道你这段时间都一个人在家吗?"克劳波夫人担忧地问道。

"不是,雅科布夫人在照顾我。"他肯定地说。

"现在,我知道你为什么这样精神不集中了。"克劳波夫人说,"父母不在家!这时候精神一定不会集中。"

利普尔没有反驳她。

事实上，他精神不集中不是因为雅科布夫人，也不是因为他的爸爸妈妈不在。他只是想不明白，为什么一个梦里梦见的东西会突然出现在这个真实的世界上！

阿尔斯兰

放学之后,利普尔和哈米德一起走在赫尔德大街上。

"你怎么了?为什么不说话?"过了一会儿,哈米德问道,同时担忧地看着利普尔,"你在生我的气吗?"

"不,没有!我只是在思索。"利普尔回答,"阿尔斯兰走了,阿斯拉姆也走了,而你说,这手镯是你的……"

"是呀,这是我的手镯。"

"它是真金的吗?"

"金的?不,它只是看起来像。很漂亮,对吗?"

"对,对。"利普尔心不在焉地回答。如果那个旅馆老板娘得到这只手镯作为抵押,她就会十分亲切地让我们进去,他想,可如果它根本不是金的呢?

他们肩并着肩,慢慢向前走着。

在一幢房屋门口的台阶上,他们看见一个男孩坐在那里。他的头向后仰着,正在晒太阳。一个女人抱着满满一包东西经过,训斥着他并用威胁的手势要把男孩从台阶上赶走。

男孩震惊地看着那个女人,然后站了起来。

他是阿尔斯兰。

"阿尔斯兰,你从哪里来?你不是生病了吗?今天上午你到哪儿去了?"利普尔大声问道。

阿尔斯兰耸了耸肩。"到城里去了。"他说。

"就这么简单?"利普尔问,"你逃学了吧?"

"逃学?"阿尔斯兰问,"逃学是什么意思?"

哈米德用土耳其语给他解释。

"是的,我逃学了。"阿尔斯兰说。

他们三个人一起继续朝前走。

利普尔无论如何也要提出一个问题。就是现在,在阿尔斯兰"回来"之后。

"我可不可以问你们一个问题?"他说,"但是,你们不可以嘲笑我。你们能向我保证吗?"

"我们为什么要嘲笑你?"哈米德说,"你就问吧!"

利普尔开始时很小心,他还不想开门见山。

"你们是否偶然认识一个叫辛巴达的人?"他问。

"辛巴达?"哈米德思索起来,"对!辛巴达,他……"她在寻找合适的词语:"航海家辛巴达!"

也就是说,哈米德认识他。她甚至比阿尔斯兰知道得还要多,知道这个人从前当过航海家!

利普尔大胆地继续问道:"你们,你们是……你们不许笑我……你们是不是王子和公主?你们的父亲是国王吗?"

"国王?"阿尔斯兰不知所措地重复了一遍。

哈米德睁大眼睛看着利普尔,好像在询问他是不是想开他们的玩笑。可他看上去十分认真。

"你在胡思乱想吧?你疯了吗?"她问。

"你在说笑话吗?"阿尔斯兰问道。

"这只是一个问题。"利普尔抱歉地说,"这件事确实很难讲明白!我认识一个叫阿斯拉姆的孩子,他不说话,而阿尔斯兰也不说话。阿斯拉姆是国王的儿子,他姐姐也叫哈米德,而你有她的手镯!"

"她也叫哈米德?你怎么认识她的?她也是土耳其人吗?"哈米德问。

利普尔回答得很糟糕。"我梦见了她。"他结结巴巴地说,"在……一本书里……一个故事里!"

"原来如此。"哈米德表示理解地点点头,"但我们的父亲是一名汽车机械师,妈妈在一间花店里工作。"

阿尔斯兰用土耳其语对她说了句什么。

"你可以到我们家来。"她翻译道,"这样你就能认识我妈妈了。"

"为什么你之前一句话也不说?"利普尔直截了当地问阿尔斯兰,"你明明能听懂我说的每句话。"

"我还不会说!"阿尔斯兰回答。

"为什么不会?你刚才已经说了!"

"是的。但是,我说不好,净出错。"

"那又怎么样?如果你说错了,那时候会怎么样?"

"大家都会笑我!"

"不一定吧,我就不笑。"利普尔强调说。

"哈米德什么都会说。她虽然还小,但是她什么都知道。我总是要问她我说得对不对,这就是我为什么不说话的原因!"阿尔斯兰怒道,"总要分辨名词的阳性、阴性和中性[1],我学不会!"

---

[1]德语中的名词有词性之分,即阳性、阴性和中性,不同词性的名词使用的定冠词也不同。

"为什么?这很简单呀。"利普尔说。

"是这样吗?"阿尔斯兰问道,"'房子'是什么性的?"

"中性。"利普尔回答。

"学校是不是房子?"

"没错。学校当然是座房子,不然是什么呢?"

"那么,'学校'这个词就应该是中性的了。"阿尔斯兰断定。

"不对,不对。'学校'虽然也是房子,但它的词性还是阴性的。"利普尔说。(真的很滑稽,他想,为什么"学校"不是中性的呢?)

"你瞧!"阿尔斯兰生气地说道,"真难!这就是我为什么不去学校上课的原因!"

利普尔叹了口气。"我承认,"他说,"德语比我想象中要难得多。你到底是在哪儿学的德语?"

"在辛德尔芬根。"哈米德说。

"让我自己说好不好!"阿尔斯兰生气地说,"在辛德尔芬根!"

"啊,在辛德尔芬根!"利普尔说。

这时候,他们仨已经走到了弗里德里希-吕克尔特大街,他们同时站住了。

"怎么样?你明天来吗?"阿尔斯兰问。

"你的意思是去你们家吗?好,我很乐意。"利普尔回答,"那我应该什么时间来呢?你们到底住哪儿?"

"在火车站大街。"哈米德说。

"我自己会说!"阿尔斯兰说,"在火车站大街!"

"好的,在火车站大街。"利普尔说,"那我什么时候到呢?"

"过来一起吃午餐吧。"阿尔斯兰建议。

"对,吃午餐。"哈米德说。

"吃午餐？为什么不呢！"利普尔突然想起了什么，"但是，最好不要吃西红柿！"

"不吃西红柿？好的，我会告诉妈妈的。"哈米德保证说。

他们又聊了一会儿，直到利普尔说："现在我必须回家了！"

哈米德看了看天，说："对，我们也走吧。天一会儿就要下雨了。走，阿尔斯兰！"

"再见！明天见！"利普尔说。

"居乐居乐。"阿尔斯兰回答。

"你说什么？"利普尔惊讶地问道。

"居乐居乐。"阿尔斯兰大笑起来，"居乐居乐！"

"居乐居乐？这是什么意思？"利普尔问。

"这是土耳其语的'再见'。"哈米德解释说。

"原来如此。居乐居乐！"利普尔说。

于是，三个孩子就此分手，朝不同的方向走了。

穆克引起的激动

一条棕色的狗从弗里德里希-吕克尔特大街的另一边走了过来。利普尔站住了。这不是穆克吗?

"嘿,穆克!你到底从哪儿来?"他大声喊道。

穆克横穿过马路,摇着尾巴欢迎利普尔,还使劲地闻着利普尔的书包。

"好吧,让我们来看看,能不能找到什么你能吃的东西!"利普尔说着,把背上的书包取下来,放在路边的人行道上。

他故意表现得很紧张,蹲下来,慢慢地打开书包,做出一副要找很长时间的样子。穆克迫不及待地盯着他的每一个动作。最后,利普尔轻轻地抓住里面靠右边的小兜,把面包拿了出来。他慢慢地打开纸包,拿出一片面包,把它分成两半,一半扔给穆克。

穆克冲上来,叼住面包,一口就吞了下去。

然后,它又得到了另一半。接着,利普尔又拿出一片面包,分成

两半,把其中一半扔给穆克,然后……是的,然后天空就突然猛烈地下起雨来。

利普尔急忙盖上书包,以免他的书本被淋湿。他把最后那半片面包也扔给穆克后,站起来,把书包顶在头上挡雨。"明天见,穆克!"他大声说着,向家的方向跑去。

穆克咬住那半片香肠面包,尾随在他后面。

当利普尔跑到家门口,正准备按门铃的时候,穆克也赶到了。

雅科布夫人开了门,用责备的口吻说道:"不带雨衣的结果就是这样……"

更多的话,她还没来得及说出口。

因为这时候,在利普尔弄清楚发生了什么事情之前,穆克已经和他同时挤了进来,站在门厅里了。

"出去!快出去!"雅科布夫人大声喊道。(这句是对穆克说的。)

"你怎么能将这样一个畜生带进家里呢?"(这句是对利普尔说的。)

"我根本就没有把它带进来,是它自己挤进来的。"利普尔说。

穆克没有在意雅科布夫人说了什么。

它先是猛烈地晃动身子,把身上的水珠甩得到处都是,有的甚至甩到了天花板上。然后,它就直接跑进客厅,用它那脏兮兮的爪子在光洁的地毯上留下了两行爪印。接着,它纵身一跃,跳到雅科布夫人打电话时总爱坐的那个单人沙发上,在上面来回转了两圈,再用嘴巴把一个靠枕推到一边,然后,就舒舒服服地趴下了。

雅科布夫人目瞪口呆地看完狗的这一系列动作,随即飞奔过来,站在沙发前面,大声喊道:"你给我滚下来!你快给我从沙发上滚下来!快!滚!"

穆克微微抬起头,吃惊地看了看她的脸。因为她不敢触碰它,所

以她的话对它来说几乎没产生任何作用。穆克伸了个懒腰,把头放在两只前爪上,准备睡上一小觉。

利普尔也跟了过来。

"嘿,穆克,这可真的不行!"利普尔责备道,"你看看这地毯!快,赶快下来!"

他揪起穆克脖子上的皮,试图把它从沙发上拉下来。穆克跳到地毯上,看着利普尔,好像在问他:"那现在呢?现在我该干什么?"

"跟我来!"利普尔命令道,"过来!"

他走到门口,打开大门:"从这儿出去!你身上又湿又脏!"

穆克跟着利普尔走了几步。但是,当它看到外面还在下着的大雨时,它立刻转身走了回去,第二次跳上那个单人沙发。

现在,洁净的地毯上又增加了两行狗爪印。

"如果有点儿什么东西给它吃,我就能把它引出去。"利普尔说,"我需要一截儿香肠或者类似的东西!"

雅科布夫人走进厨房,打开冰箱门,双手颤抖着在纸袋里寻找。

"家里竟然有条狗!真脏,真脏!"她骂道,"你怎么能干出这种事情呢!"

利普尔再次向她保证,他真的没想把狗带进家来。

她终于找到一截儿黄色的肉肠。一开始她想递给利普尔,但考虑了一下后,她改变了主意。她自己拿着肉肠走进了客厅。

"你怎么称呼这条狗的?它叫什么?"她问道。

"穆克。"利普尔说。

雅科布夫人把肉肠在穆克的鼻子下面晃了一下。"过来,穆克!"她大声说道。

穆克立刻从沙发上跳下来,张口就要咬那截儿肉肠。

"不,不!"雅科布夫人胆怯地喊道,把拿着肉肠的手举起来,"菲利普,把狗拉开!"

利普尔抓住狗。

雅科布夫人来到门厅。但她没有打开大门,而是打开了通向地下室的门。

"现在放开它吧!"她对利普尔喊道。

穆克立刻冲向门厅。雅科布夫人朝它晃了晃手中的肉肠,随即把肉肠扔到了通往地下室的台阶上。

穆克沿着台阶跑了下去。

雅科布夫人立刻关上地下室的门,并且拧了一下钥匙,把门锁上。

"您为什么不把肉肠扔到外面大街上去？"利普尔问,"现在,它被关在地下室里了！"

"它就应该到那里去,到地下室去！"雅科布夫人满意地说道,"它就应该待在那里。"

"为什么呢？狗待在地下室里干什么？"利普尔问。

"它的主人会来认领它。那个人要先支付清洗地毯的费用,然后才可以把狗领走。还有沙发！还有靠枕！"雅科布夫人怒不可遏地说。

"但是,它根本没有主人。这条狗已经在这附近游荡好几天了。"利普尔解释说。

"那你怎么知道它的名字？"

"我根本不知道它真实的名字,我只是随便这么叫它。"利普尔说道。

"这都是真的？"雅科布夫人问。

"肯定是这样的！"他保证。

她考虑了片刻,说道:"那我去给警察局打电话,让他们来把它带走。"

"为什么叫警察？那它就会离开这儿了,我再也看不到它了！"利普尔说,"警察会怎么处置这条狗呢？"

"他们会把它送进'动物之家',一座狗的收容所。它在那儿会很好。"说完,她就要去打电话。

利普尔激动地站在旁边说:"您就让它自己走吧,雅科布夫人!"

"不行,这事没商量!请你安静,你看到了,我要打电话了。"雅科布夫人说。

利普尔溜进门厅。他想轻轻地打开门,把狗放走。

但是,雅科布夫人一定早就料到了这一点,她把钥匙拔下来带走了!

利普尔伤心地回到自己的房间,躺在床上,久久地盯着天花板。

一个电话

过了一会儿,雅科布夫人上楼来叫他去吃午餐。

但是,利普尔拒绝了,转身对着墙壁。

"如果你不想吃饭,那我也无能为力。"雅科布夫人说完,就闷闷不乐地下楼了。

下午晚些时候,有人按门铃。利普尔坐起来,仔细倾听。先是一个男人的声音,然后是雅科布夫人的声音。不一会儿,地下室的门开了——他是通过门发出的声音分辨出来的。接着,他又听到了那个男人的声音。最后,大门被关上了。

利普尔在床上待不住了。他轻手轻脚地走下楼梯,看到地下室的门敞开着,没有再上锁。雅科布夫人又去打电话了。

"穆克?"利普尔轻轻地喊道,然后又喊了一声,"穆克!"

没有摇着尾巴的狗向他跑来。那儿只有空荡荡、黑乎乎的台阶。穆克不在那儿了。

利普尔又溜回自己的房间,上床躺下,用枕头盖住脑袋。这样一来,他看不见任何人,是不是也就不会被任何人看见了?

"我就这样躺着,再也不起来了。"他坚定地说道。

他就这样躺了很长时间,沉浸在悲哀的情绪里。

突然,他房间的门被推开了。雅科布夫人喊道:"菲利普!菲利普,你的电话!是你的父母打来的。"

电话?他真的没听错吗?利普尔推开枕头,一跃而起。

"啊,终于起来了!你睡着了吗?你的父母来电话了,快去接!"

利普尔冲下楼,扑向电话,拿起听筒,激动地说:"喂?我是利普尔。"

"利普尔,我的孩子!终于和你通上话了!你到底怎么样?"电话那头儿是他的妈妈。

"你们为什么从来不给我打电话?"利普尔责备地问道,"我每天都在等。"

"我们总是在尝试给你打电话,可是只有一次打通了。雅科布夫人一定告诉过你,是不是?"

"是的,她说了。"利普尔确认道。

"我们每天至少打三次。只要有时间,我们总会试一试。"

"那结果呢?"利普尔问。

"奇怪的是电话总占线。你爸爸和我推测,我们家的电话可能坏了,毕竟你从来不打电话,更不会打那么长时间的电话。"

"我没有打电话。"利普尔说,"但是,雅科布夫人打电话——而且常常打电话。"这句话他说得很含蓄了,他本来想说的是:但是,雅科布夫人在不停地打电话!

"唉,原来如此!"妈妈说,"无论如何,现在我们可以直接通话了。我们很想念你,快说说,你过得怎么样?"

"很糟糕!"利普尔说。

"很糟糕?为什么?你生病了吗?"妈妈的声音充满担忧,"难道你和雅科布夫人合不来吗?你快说呀!"

"她让人把穆克带走了。现在,我再也看不见它了。"利普尔说。

"谁?穆克?他是谁?她把穆克弄到什么地方去了?"

"穆克是一条狗。它本来在我们家里。她把狗关到地下室,还让警察把它带走了。"

"哦,是一条狗!是你把它带进来的吗?"

"它跟着我跑进来的。"

那边停顿了一会儿,然后,妈妈小心翼翼地说:"利普尔,我懂了,你有点儿伤心。但你要知道,我也能理解雅科布夫人!"

"什么?"利普尔问,"你能理解她?"

"她是我们家的客人。"妈妈说,"很简单,她不能容忍一条不属于这家人的狗留在家里。"

利普尔沉默不语。

"你在听我说吗,利普尔?"妈妈问,"你还在听吗?"

"我在。"利普尔说。

185

"雅科布夫人肯定不是出于恶意才那样做的!"

利普尔不说话,他感到很受伤。他的妈妈竟然认为雅科布夫人做得对!

正常情况下,他现在会跑进厕所,把自己反锁在里面,以表明他受到了怎样的伤害。

可现在是打电话,他不能那样做,所以,他只能把自己的回答限制在简短的"是"和"不",或者"嗯"这几个字上,以此来表达自己的不满。

"除了这个之外,其他方面都好吗?你所需要的一切都有吗?"

"嗯。"

"你去拜访过耶施克夫人吗?"

"是。"

"你在学校里一切都好吗?"

"嗯。"

"你也有点儿想我们吗?"

"是。"

"利普尔,请你不要生气!"

"嗯。"

"你们那儿的天气怎么样?还是那样变化无常吗?也许太阳出来了,像我们这里一样?"

"不。"

"喂,利普尔,我有一个主意!"

"什么?"

"等等,我马上和你爸爸商量一下!"

电话那边安静了好一阵。

"妈妈?"利普尔说。

没有回答。

"妈妈,你还在那边吗?"利普尔担心地问。

"我回来了。你爸爸同意了。"

"爸爸同意什么了?你的主意是什么?"

"我们不等星期一了。我们乘坐星期六夜里的火车回家,这样我们星期天就可以见面了!"

"好,那星期天什么时候到呢?"

"我想,我们午餐时间就可以到家了。"

"那么早就到了!"利普尔的脸上终于绽放出了光彩,"我真高兴!"

"你要相信,我们更高兴!"妈妈说。然后,妈妈说了声"再见",爸爸又接过电话说了几句,这次通话就结束了。

利普尔走进厨房。

"我的爸爸妈妈问候您。"他向雅科布夫人转达了问候。

"谢谢。"她说。

"您究竟对穆克都干了些什么?"他用充满责备的口吻问道。

"现在它在一所'动物之家'里。它在那儿很好,你可以相信我的话。它的主人可以到那里去认领它,假如它有主人的话。"

"嗯。"利普尔答应了一声。

"那儿有许多别的狗和它做伴,它可以和它们一起玩!"

"哦。"

"你肯定也喜欢和别的孩子一起玩,是不是这样?"

"嗯,是的。"利普尔说,"明天我可以去我同学家吃午餐吗?人家邀请我了。"

利普尔看着雅科布夫人,她一副要拒绝的样子,一场新的争执似乎就要开始了。但是,她做出了另一种决定。也许狗的事情让她觉得有些良心不安,所以她显得比平常和善了几分。

她说:"我不反对。那样我明天就只能一个人吃饭了,对吧?不过你不要回来得太晚了,不然做家庭作业的时间就不够了。今天的作业你做完了吗?"

因为利普尔还没有开始做,所以他就上楼了,用下午剩余的时间来做作业。

做完作业,他就开始等待吃晚餐。他感到饿极了,从课间休息时吃了那包巧克力条到现在,他什么都没吃。

吃晚餐的时候,他比平常吃的要多得多。雅科布夫人骄傲地说:"哎,看样子很好吃!如果你可以多吃几顿我做的饭,你可能很快就不这么瘦了。"

当利普尔要睡觉的时候,天已经黑了,可尽管如此,他还是睡不着,也可能是他吃得太饱的缘故。

他在床上翻来覆去,一会儿转到左边,一会儿转到右边,怎么也睡不着。于是他干脆坐了起来。过了一会儿,他重新躺下,一会儿把被子拉到下巴颏儿,一会儿又把被子蹬到膝盖以下,一会儿把脑袋搁在枕头上,一会儿又把枕头压在脸上。可是,不管他怎么折腾,都没多大用处,到他终于睡着并开始做梦的时候,肯定已经超过晚上十一点了。

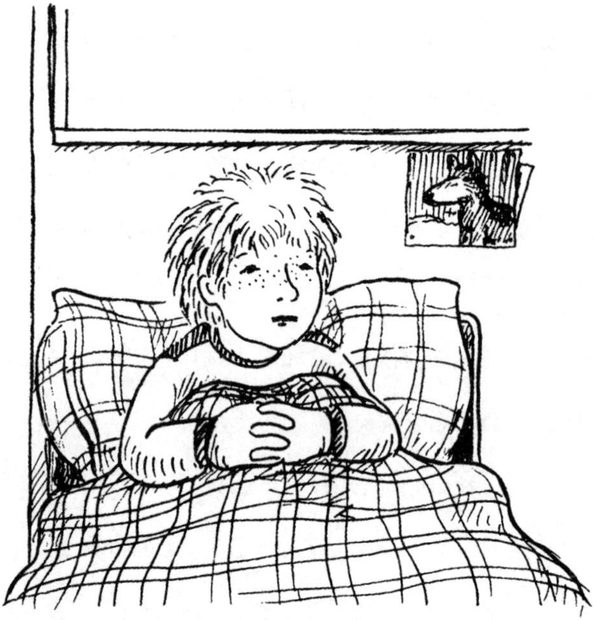

第四个梦

已经是早晨了。

蒙眬中,利普尔首先听到了旅馆屋顶上的鸟叫声。

后来,当天更亮些的时候,一个牧羊人赶着羊群从旅馆门前经过,利普尔听到了羊的"咩咩"叫声,然后是牧羊人驱赶羊群的吆喝声。

一个人骑着驴穿过小巷。他一定经常来这儿,因为小巷左右两旁不停有人大声地问候他,他也不停地回应着他们。听起来,他们都很快乐。

邻居家有人在"咚咚"地敲击着什么。

一个男人在诅咒一个叫"阿里"的男人,诅咒那个人会恶有恶报。

最后,利普尔还听到胖老板娘唱着歌在天井里走来走去,"叮叮

"当当"地敲打着铁器,很可能是在叫旅馆的客人们去吃早餐。

利普尔感觉到哈米德在看着自己。

他转过身,面对着她微微一笑。"阿斯拉姆一定会回来的!"他安慰她说。

他感到鼓励她变得越来越困难,因为他自己也越来越不安了。

此时,他们坐在这个房间里已经等了好几个钟头。究竟发生了什么事呢?阿斯拉姆和穆克在哪儿呢?如果阿斯拉姆不回来了,他们该怎么办呢?

"我们是否应该去找他?"哈米德问。

"这一点我也想过了。"利普尔回答,"但是,如果我们出去找他,万一他正在往回走呢?"

"我可以去找他,你留在这里等他。"哈米德建议,"我更熟悉这座城市。"

"不,还是我去吧。"利普尔说,"既然我们不知道应该到哪里去找他,那么熟悉不熟悉这里也就不那么重要了。"

"你说得对。"哈米德回答道,"一定要小心,留意那几个侍卫!"

当利普尔走进天井的时候,老板娘正在忙着煮无花果,准备装瓶密封。一口黑黑的、巨大的铁锅吊在明火上,她正用一把大木勺在锅里搅动着。

"啊,孩子们醒了!"她看到利普尔,大声说道,"那两个孩子也起来了吗?要不要我给你们准备早餐?"

利普尔没有回答,却提了一个问题:"您看见阿斯拉姆了没有?"

"那个哑巴孩子?他没有和你们在一起吗?"

"没有。他和狗一起出去了。我们不知道他去哪儿了。"

"有这种事?他为什么不说一声他去了哪儿……哦,对不起,我这个问题太愚蠢了!这可怎么办呢?"

"我要去找他。"利普尔说。

这会儿的天气还很凉。工匠们大概都吃过早餐了,他们已经坐在各自店铺的门口开始工作了。几个孩子在玩"黑妖怪①"游戏。

利普尔向他们走去。

"请问你们看见一个陌生的男孩了吗?"他问道,"他和我差不多大,还带着一条棕色的狗。"

孩子们说没有看见。

利普尔拿不定主意该往哪边走。最后,他终于做出决定,沿着小

---

①一种装成黑脸妖怪吓唬人的游戏。

巷一直向里。他沿着一道高高的墙壁向前跑,有几根果树的枝条伸出了墙头。就在这时,他突然看见阿斯拉姆向他迎面跑来。

阿斯拉姆显得极其匆忙,拼命地跑,差点儿从利普尔身边跑过去。他们俩几乎同时站住了。

"利普尔!"阿斯拉姆喊道。他跑得上气不接下气。

"阿斯拉姆,你说话了?"利普尔目瞪口呆地大声说道,"你突然可以说话了,到底为什么?发生了什么事?你快说呀!"

"安静!赶快翻过墙去!"阿斯拉姆喊道,"快!"

阿斯拉姆那么焦急地催促着,以至于利普尔没来得及多问,就伸手抓住一根树枝,做了个引体向上,一翻身跳到了墙的另一边。他落在一个花畦里,阿斯拉姆落在他旁边的花丛中。

"怎么回事?"利普尔激动地小声问道。

"你听见了吗?"阿斯拉姆低声说道。

"马蹄声!有人在骑马!"利普尔惊恐地说,"是那三个侍卫吗?"

"两个。"阿斯拉姆说,"他们在追我。"

马蹄踏在石子儿路上的声音越来越响了。两个侍卫策马而来,从墙外飞奔了过去。然后,马蹄声越来越远,直到完全听不见了。

"他们没有发现我们!"利普尔松了口气。

这时，他们身后房子面向花园的窗户上的百叶窗被拉了起来。不一会儿，一个怒气冲冲的男人从房子后门冲了出来，手里还握着一根棍子。

"我可抓住你们了，小偷儿！你们总是偷我的石榴！啊，等一等！天哪，我的花！你们为什么要把我的花都踩坏了?！我一定要让你们尝尝这根棍子的滋味！"他大喊着，试图抓住利普尔的衣领。有一瞬间，利普尔因为害怕而呆住了，接着，他马上振作起来，飞快地抓住一根树枝爬了上去。

阿斯拉姆更快，他已经站在墙头上了。

利普尔很幸运，因为阿斯拉姆向他伸出一只手，一把把他拉了上去，和他一起跳到墙外的小巷里去了。

花园主人在墙里边继续大骂着偷他石榴的小偷儿，为被踩坏的花抱怨着，好半天才慢慢安静下来。

"他回屋去了。"阿斯拉姆说，"他没有翻墙追来，这对他来说太吃力了。"

"好险哪！"利普尔抹掉额头上的汗，"现在你要告诉我，你怎么就开口说话了？你到底去哪儿了？"

阿斯拉姆并没有回答他，而是吃惊地问道："你又听见马蹄声

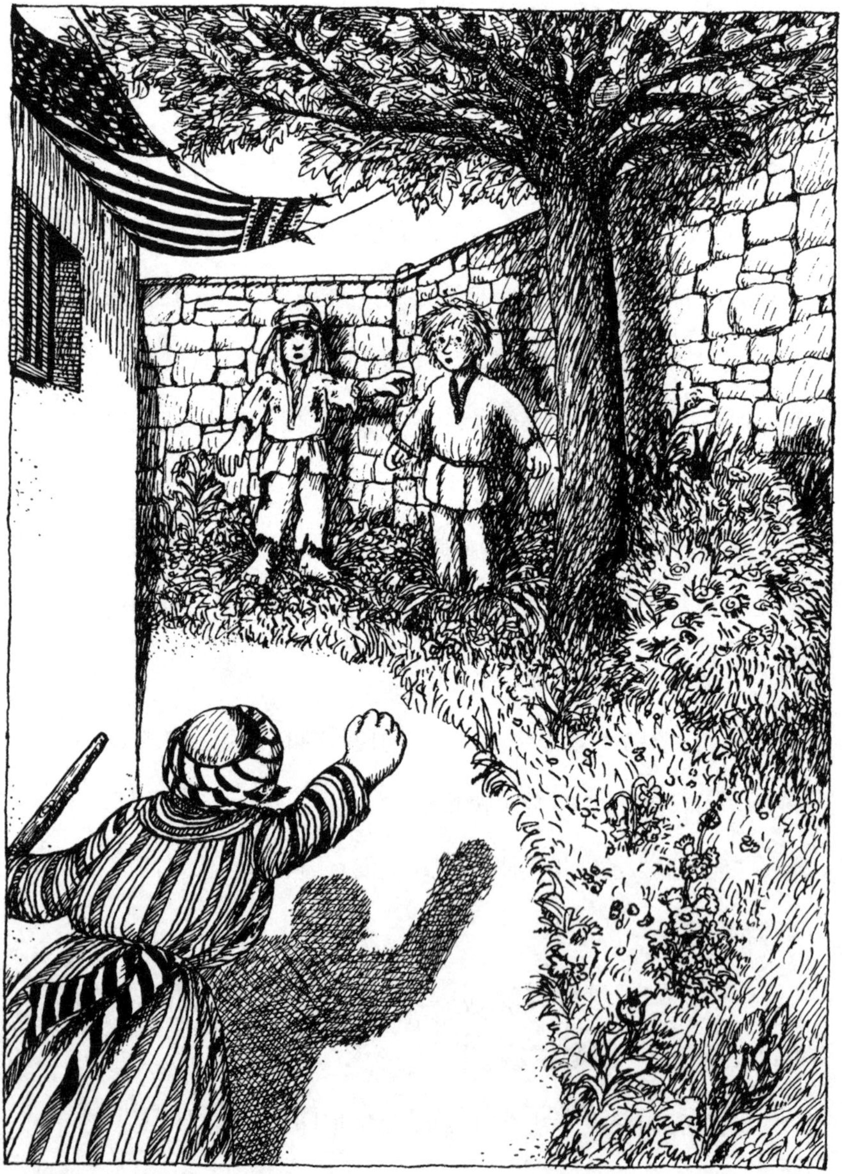

了吗?"

利普尔静静听了一会儿。"是的,他们回来了!"他激动地说,"我们现在怎么办呀?他们又回来了!"

"赶快翻墙!"阿斯拉姆命令道,同时已经翻身跃上墙头。

"可是那个男人,他拿着棍子呀!"利普尔绝望地说道。

"宁可被他打一顿,也不能被侍卫抓住!"阿斯拉姆坚定地说。他把手伸给利普尔,他们俩第二次跳进了花畦里。

再不跳进来就来不及了,因为马蹄声已经很近了!

花园主人正从窗户里向外面张望着。

"这是预言家巴尔特的家!"他大声喊道,"你们这两个淘气鬼!两个小无赖!两个小匪徒!竟敢又跳进我的花园里?!这一回你们可别想逃走了!"

利普尔看着阿斯拉姆问:"现在该怎么办呢?"

墙外,侍卫们即将骑马飞奔而至;墙里,一个把他们当小偷儿的男人正在气势汹汹地逼近。

"跟着我。"阿斯拉姆小声说道,然后沿着墙根,开始绕着花园跑。

花园主人气喘吁吁地在他们身后追赶着。

正当这个男人以为自己已经把他们逼到一个角落里,他们将无处可逃的时候,他们突然改变了方向,从男人身边跑过去,从后门进了他家的房子。

"你要干什么?"一直紧跟着阿斯拉姆的利普尔喘着粗气说道,"这可是他的家呀!"

阿斯拉姆没有回答。他打开一扇门,然后又立刻关上,因为他看见那里面是女人的卧室。接着,他又打开另一扇门,这回对了,是房子的大门。他赶紧拉着利普尔从大门跑了出去。

他们来到小巷里,这是花园另一边的小巷。

当那个男人赶到自己家正门口的时候,两个孩子已经在拐弯处消失了。他们来到了安全地带。

"等一等,等我们见到了我姐姐,我再说给你听。"阿斯拉姆说,"否则每个细节我都得讲两遍。"

他们小心翼翼地向旅馆走去,一边走一边警惕地听着有没有侍卫追过来。终于,他们回到了旅馆。

哈米德非常高兴,一会儿拥抱阿斯拉姆,一会儿拥抱利普尔。她说:"我简直不敢相信利普尔能找到你。他是一位真正的魔术师!"

"你到哪儿去了?"现在,利普尔终于可以问阿斯拉姆了,"穆克又在哪儿?"

"穆克?我不知道。我只希望它还活着。"阿斯拉姆有气无力地说,"现在我要把一切都讲给你们听……

"昨天夜里我睡不着,我一直在思考。我的老师辛巴达告诉我,我七天不能说话。我躺在那儿,数着,算着。但我拿不准,从那天到现在,是过了六天还是七天。唯一能帮助我的就是辛巴达。我必须去找他!但这样做很危险。他的家就在王宫附近。白天人们会发现我,把我抓起来。因此我决定夜里去找他。

"你们俩都睡得很香。我不想叫醒你们。我想,天亮之前我一定会回来的。我溜出去的时候,只有穆克醒着,所以它也跟着我出去了。

"我敲辛巴达家的门,想叫醒他。然后,我听到了他的脚步声。他把门打开了一条缝。"

"谢天谢地!"哈米德大声说,"他是个大好人!然后他很快让你进去了?"

"恰恰相反,他没有让我进去!"阿斯拉姆继续讲道,"他看见我,大叫一声,然后就把门关上了。

"我站在黑暗中,不知如何是好。难道我的老师因为我被驱逐而害怕让我进去吗?我一直把他当作自己的朋友!正当我考虑是要再次敲门还是立刻走开的时候,他又把门打开了。

"'你是阿斯拉姆吗?'他问。我点了点头。难道我的变化真的那么大,以至于他都认不出我了吗?

"'你还活着,还是说你是一个幽灵?'他问道。

"我该怎么回答呢?我还不能说话呀。于是,我就把手递给他,这样他就可以摸一摸,确认我不是幽灵了。他摸到我的手后,立刻把我拉进门。

"'你还活着?'他不知所措地问道。

"我本来想说'为什么不呢',但是,我不能说话,只好耸了耸肩,用手做出一个想写字的姿势。他拿来一块石板和一根石笔。我写下我最关心的问题——我什么时候可以说话?

"他的写字台上杂物堆积如山,有蜡版纸、羊皮纸,还有小木板。他在那里面找星象图,找到之后,研究了半天。我站在一旁,迫不及待地等他开口。

"最后他说,'因为午夜已经过去,七天的期限已满。你可以说话了'。

"我终于可以说话了!我立刻问他,为什么他一开始向我提出那样奇怪的问题。然后,我才知道,人们都以为我和哈米德已经死了。"

"已经死了?"哈米德问,"为什么呢?"

"侍卫们从戈壁上回来之后就是这样向国王报告的。他们说我们三个人都死了。"阿斯拉姆说,"他们说,我们在一次沙尘暴中逃跑了,以至于他们没能追上我们。我们可能已经死在沙漠里了。"

"他们为什么要这样说呢?"哈米德有些害怕,"他们知道我们没有死!"

"我知道原因。"利普尔说,"他们想从你们的婶婶那里得到第二袋金币。只有我们死了他们才能得到。他们说我们都死在沙漠里了,就可以领取第二袋金币了。"

"正是这样。"阿斯拉姆说,"当我们的父王知道我们都死了的时候,他绝望极了。他在痛苦中不停地诅咒自己,因为他亲自下令驱逐了自己的孩子。他把自己锁在寝室里,不想再出来。他甚至说,他再也不想当国王了。"

"这下你们的婶婶可高兴了。"利普尔说,"这下她儿子就要成为新国王了。"

阿斯拉姆点点头,继续说道:"当我听到辛巴达说我们的父王有多么伤心的时候,我就想立刻跑进王宫去安慰他,告诉他我们还活

着。但辛巴达劝阻了我,让我等到天亮。他说得对,我当时那么累,几乎站都站不住了。于是我就在他家里睡着了,一觉睡到大天亮。今天早晨,我和穆克一起去了王宫。"

"真好!"哈米德说,"那父王说了些什么呢?可惜我当时不在,不然,我现在就可以准确而又详细地描述他有多么高兴了!"

"幸亏你不在!"阿斯拉姆忧郁地说,"当我想横穿王宫的前院时,那三个侍卫立刻向我冲了过来。他们早就躲在那儿,偷偷地监视我的行踪。他们抽出宝剑向我冲过来。他们不是想抓住我,他们是要杀死我!"

"杀死?"哈米德不知所措地问道。

"是的,杀死。"阿斯拉姆面色阴沉地确认道,"他们不能让婶婶知道我们还活着,我们的父王也不能知道。他们唯恐事情败露,所以从昨天夜里就骑着马在城里不停地转悠,到处寻找我们。他们也想到了我们可能会到王宫去,就在王宫里埋伏……然后他们现在又骑马在城里到处寻找我们……"

"你还没有告诉我们,当他们抽出宝剑向你冲过来的时候,你是怎么脱身的。"利普尔说道。

"要不是穆克在场,你们可能就再也见不到我了。"阿斯拉姆说道,"穆克大叫着向他们冲过去,我趁着他们和穆克纠缠的时候逃走了。他们骑上马时,我已经翻过一道墓地的围墙,而他们必须绕一个大弯才能出大门。那时候,我早已翻过两道墙,消失在附近的一条小巷里了。我就是在那儿遇见的利普尔。后面的事你们就都知道了。"

利普尔点点头。随后,他又想起了什么。"可是,当时追你的只有两个侍卫。"他说,"那第三个在哪儿?"

"他留在王宫大门口了。在另外两个到处寻找我们的时候,他负责不让我们活着走进王宫。"阿斯拉姆解释说。

"可是,王宫并不只有这三个侍卫!"哈米德愤怒地说,"其他那些侍卫都到哪儿去了?为什么他们不保护你?"

"其他的侍卫都在王宫里面或者后宫里。那三个侍卫攻击我的时候,别的侍卫根本就不知道。即使他们发现了,也会以为那三个侍卫是在把一个街头的流浪汉或者小偷儿赶出王宫。"阿斯拉姆看着自己身上又脏又破烂的衣服,说,"我现在看起来真的不像一个王子。"

"但是,活着走进王宫的机会一定会有的!"哈米德说,"我们总不能老待在这里。我要回到父母身边去!"

"你要冷静!"利普尔强调说,"出路肯定是有的,我们也一定会

203

找到。"

"怎么找呢?"哈米德急不可耐地问。

"那就要动脑子了。"利普尔说。

他们三个人坐在一张草褥子上,手托着下巴颏儿,思考着。

利普尔感觉自己快想出来了。他已经有了一个主意。然而,他还不那么确定,还不能正确地表达出来。

出路是什么呢?他努力地思考着。

他的计划越来越清晰,越来越明确了。他有十成的把握找到了正确的出路……就在这个时候,他被雅科布夫人叫醒了。

"菲利普!菲利普,你必须起床了!现在差一刻七点了!"

他能有什么办法呢?他只能任由哈米德和阿斯拉姆自己去思考了。因为他醒了。

星期五

基尼一家

这一次,当利普尔吃完早餐准备去上学时,他穿上了雨衣。他不想再像前一天那样被淋得浑身湿透。

可刚走到半路上,他就后悔了。虽然还是早晨,但阳光已经相当明媚了,天上没有一片云彩。这将会是很热的一天!他想,要不要现在回去,把雨衣送回家?可是那样上学就可能会迟到了。算了,雨衣是很实用的。等到了学校,他就把雨衣挂在教室前面的衣帽钩上,这样如果放学以后下雨的话,他就可以立刻用它来挡雨了。想到这里,他的情绪好了一些。

当他走到赫尔德大街的时候,心情变得更好了,因为他发现哈米德和阿尔斯兰就在前面。于是,他快跑了一段,追上了他们。然后,他们一起继续向学校走去。

"今天你来吗?来吃午餐吗?"哈米德问。

利普尔点点头:"放学以后,我和你们一起回你们家。"

"很好！"哈米德说。

"好！"阿尔斯兰说。

"有什么好吃的？"利普尔现在就想知道。

"还不知道。"阿尔斯兰耸了耸肩。

"我也不知道有什么。"哈米德说，"但我知道没有什么！"

"没有什么？"利普尔问。

"西红柿！"哈米德大笑起来，"我们到家的时候，饭应该还没做好。我妈妈得在花店工作到中午十二点。但她做饭很麻利。"

"我可以等。"利普尔肯定地说，"昨天中午我就什么都没吃，直到晚上才吃！"

"在我们家你不用等到晚上。"哈米德说，"那样我可能会先饿死的。"

在学校的一上午过得很快。

他们先上了两节德语课。克劳波夫人把听写本发回给大家。利普尔有一个错误，哈米德有十四个错误，阿尔斯兰有七十三个错误。课间休息之后是两节体育课。他们先做了几个小游戏，然后进行赛跑。阿尔斯兰跑了第一，哈米德第十一，利普尔第十九。最后，他们又回到教室，上了一节常识课。

下课之后,利普尔就跟着阿尔斯兰和哈米德一起回家了。

当他走到弗里德里希-吕克尔特大街,没有像往常一样拐弯,而是一直朝前走的时候,他有一种很奇怪的感觉。随后,他们来到了火车站大街。利普尔仔细地看着阿尔斯兰和哈米德家的门牌。(因为门廊的光线很昏暗。)

"基尼",门牌上这样写着。他这才知道他的两个新朋友姓什么。阿尔斯兰按了门铃,一个身材丰满的年轻女人来开了门。

"这就是我妈妈!"阿尔斯兰介绍说。

"居乐居乐!"利普尔礼貌地说。

女人爽朗地笑了。阿尔斯兰和哈米德也大笑起来。

利普尔的脸红了。"怎么了?我说错什么了?"他尴尬地问道,"这不是土耳其语中的问候语吗?"

"这句话不是见面的时候说的,是分手的时候说的,也就是'再见'的意思,你明白吗?"哈米德解释说,"如果人们见面时的第一句话就是'再见',能不让人发笑吗?"

利普尔也笑了。"原来是这样!"他说,"不,我不想马上就离开。"

三个孩子跟着基尼夫人进了客厅,那儿的餐桌上已经摆好了四个盘子。

利普尔好奇地东张西望。这里的陈设看上去很像耶施克夫人的家,唯一能让人立刻就辨认出这里居住的是土耳其人的,是音乐——一台磁带录放机正放着土耳其歌曲。

沙发后面的壁毯上有几张照片和明信片，一眼就能看出是土耳其的风景。利普尔仔细地观察着其中一张城市的照片：有一座大大的城堡耸立在一座小山丘上。

"那是安卡拉①。"阿尔斯兰解释说，"我有安卡拉出生。"

"应该说'我在安卡拉出生'。"利普尔纠正道，"安卡拉是一座大城市吗？"

阿尔斯兰大笑起来。"比这儿大十倍。"他骄傲地说，"什么都大！不像这儿，这儿什么都小，是一座小城市！"

"你这样认为？"利普尔说。他觉得自己的城市并不小。

"旁边这张照片上的人是谁呀？"他继续问道。

"他们是我的外公外婆。"阿尔斯兰回答道，"我曾经和他们住在一起。"

"你的德语说得挺好呀！"利普尔夸奖道，"我真是不明白，你为什么不愿意说话。"

基尼夫人端着饭菜进来了。

当然，这些饭菜看起来完全不像德国人的午餐。

---

①土耳其的首都和第二大城市，是一座历史悠久的古城。

面包扁扁的,就像发面饼。虽然有酸奶,但不甜,而且和黄瓜、大蒜拌在一起,像一种没有菜叶的沙拉。利普尔不知道自己要不要现在就询问一下这种酸奶的包装上有没有积分卡。考虑了一会儿后,他决定饭后再提这个问题。

基尼夫人现在端上来的是酿青椒,就是把青椒掏空之后填入肉馅儿和大米。

他们喝了很多水。

基尼夫人向他解释每一道菜的名字。她说的虽然是土耳其的菜名,但利普尔都能听懂。她的德语说得比阿尔斯兰好得多,几乎和哈米德说得一样好,这很可能是她在花店工作、经常和人打交道的缘故。不过,她有一些词的重音发得很奇怪,他不得不努力思考一下才能理解。

有一种叫作"哈尔瓦"还是"哈尔马"的饭后甜点,不管它叫什么,反正很甜很好吃。

饭后,利普尔认为可以询问积分卡的事了。他和阿尔斯兰、哈米德一块儿在垃圾袋里寻找,找到了酸奶盒的盖子。可令他们失望的是,盖子上并没有可以剪下来的积分卡。基尼夫人买的酸奶全是另一个牌子的。不过,她答应下次买酸奶的时候会注意。(利普尔觉得

这非常好。）

之后，他又和哈米德、阿尔斯兰一起玩了会儿跳棋。在他和基尼夫人告别之前，利普尔问："明天，阿尔斯兰和哈米德可以到我家去吗？去吃午餐？"

基尼夫人想知道他的父母是否允许。

"啊，他们肯定会同意的。"利普尔说，"只不过他们不在家。现在是雅科布夫人为我做饭，多做两个孩子的饭，她不会觉得怎样的。"

基尼夫人没有反对。阿尔斯兰和哈米德当然也同意。他们俩送利普尔出来，又一起走了很长一段路，几乎快走到弗里德里希－吕克尔特大街了才回去。

耶施克夫人有一个办法

"吃好了没有?"雅科布夫人一见到利普尔,就用这么一句话来迎接他,"哪儿的饭更好吃呢?是我做的饭好吃,还是朋友家的饭好吃?"

"味道不一样。"利普尔说。

因为他们恰好说到吃饭,所以他立刻问道:"明天,我可以请我的朋友们来吃饭吗?"

"朋友们?有多少人?"雅科布夫人问。

"只有两个,就是今天中午请我吃饭的两个朋友,哥哥和妹妹两个人。"利普尔回答道。

"两个?那好吧,明天我做四个人的饭。"雅科布夫人说,"他们姓什么?说不定我还认识他们的父母呢。"

"基尼。"利普尔说。

"基尼?一个少有的姓!"雅科布夫人说,"他们在这里住很久了

吗？你的朋友叫什么名字？"

"哥哥叫阿尔斯兰,妹妹叫哈米德。"利普尔回答。

"他们是外国人吧？"她问。

"是的,土耳其人。"利普尔说。

"土耳其人?我不许他们进门!"雅科布夫人加重语气说道,"你到底怎么想的?!"

"为什么?他们到底干了什么?!他们为什么不能进门?!"利普尔吃惊地问道。

"这你还要问?!"雅科布夫人愤怒了,"如果你的父母知道了会怎么说?请土耳其人吃午餐,还是不请为好!"

"可是我已经邀请了他们!我总不能随便取消邀请吧。"利普尔绝望地说,"我的爸爸妈妈根本不会反对,这一点我知道得很清楚!"

"只要我还在照管这个家,这些外国人就不能进这个家门!要是随后丢失了什么东西,你父母一定会说是我的错!"

"您想说哈米德和阿尔斯兰会偷东西吗?!"利普尔完全被激怒了,"今天我在他们家吃午餐,我想明天请他们在我家吃午餐!"

"你想给我下命令?这就更有意思了!"雅科布夫人大声说道,"我们根本不必再谈这个话题!他们不能来这里!这个话题到此为止!"

利普尔回到自己的房间。

他现在本来应该做家庭作业的,但他忍不住去想哈米德和阿尔

斯兰,想他发出的午餐邀请。他该怎么办呢?谁能给他出个主意呢?耶施克夫人?对,就是她!他要去拜访耶施克夫人,请她出主意。关于穆克的情况他还没有对她讲呢。

利普尔决定,家庭作业晚一点儿再做。他溜出家门,没有让雅科布夫人听见,然后穿过马路,向耶施克夫人家中走去。

耶施克夫人对他的来访感到很高兴。

"嗨,利普尔。"她问候道,"你的心情是不是不太好?你的脸色看上去很阴沉,心里有什么事吗?"

"很多。"利普尔说,"都是因为雅科布夫人。首先,她把狗赶了出去,然后,她又不让哈米德和阿尔斯兰进门。"

他把心中的郁闷全都讲了出来。

耶施克夫人摇了摇头。"关于狗的事情我还可以理解,"她说,"尽管那很遗憾,本来我很乐意喂养它……"

"我也乐意。"利普尔发自内心地说。

"但是,关于你朋友的事情我就不理解了!这可怎么办呢?明天,你总不能对他们说,'你们不可以来,因为你们是土耳其人'!"

"是呀,正是这样。他们会受到伤害,而且以后再也不会理我了……可是,雅科布夫人不同意的话,我还是不得不取消邀请……我该怎么对他们说呢？"

"你什么也不必对他们讲。这样吧,你们三个人明天到我这里来吃饭！对他们来说,在我这里吃饭和在你家吃饭是一样的。"

"您真的愿意这样做？"利普尔喜形于色地说。

耶施克夫人微笑着说:"如果他们问你,你当然要说你不在这里住。我也不想对他们撒谎。不过,你也不要对他们讲任何关于雅科布夫人的事。你只要告诉他们,你的父母不在家,所以大家一起来我这里吃饭。"

"这也是事实。"利普尔肯定地说,然后便愉快地回家了。

吃晚饭的时候,雅科布夫人问利普尔:"你是否接受了土耳其人明天不来家里吃饭？"

"是的,我接受了。"利普尔快乐地说道,"我也不在家吃饭。我们三个人都去耶施克夫人家里吃。"

"你再说一遍好吗?！"雅科布夫人的勺子差点儿从手里掉了下来,"去耶施克夫人家里吃？"

利普尔点点头。

"你不能这样做！"雅科布夫人严肃地说。

"为什么?"

"你明天要在家里吃饭!"

"我要和哈米德、阿尔斯兰一起吃饭。如果他们可以在这儿吃饭,那我也在这儿吃饭。"利普尔说。

"你想威胁我吗?你就应该在这儿吃。你将和我一起吃饭,而不是和任何别的人一起吃!"

"不!"利普尔勇敢地说。

"我们走着瞧!"雅科布夫人愤怒地说,"你必须在这儿吃!"

"不!"

"你这个孩子简直太放肆了!作为惩罚,你现在必须立刻去睡觉!这样你就可以躺在床上好好考虑一下,明天你该在哪儿吃饭!"

"好吧。"利普尔说。

他回到自己的房间,脱了衣服,然后就上床睡觉了。他不停地想着哈米德和阿尔斯兰。但是,他现在不能继续想下去了,他得把梦中的故事续下去!他试着把关于这两个朋友的念头推到一边,只去想东方之国里的那些事情。他首先想到那儿的建筑,然后想到那条小巷、那家"野蛮哈里发"旅馆、那个天井……当他想到旅馆的房间时,他睡着了,并且立刻进入了梦乡。

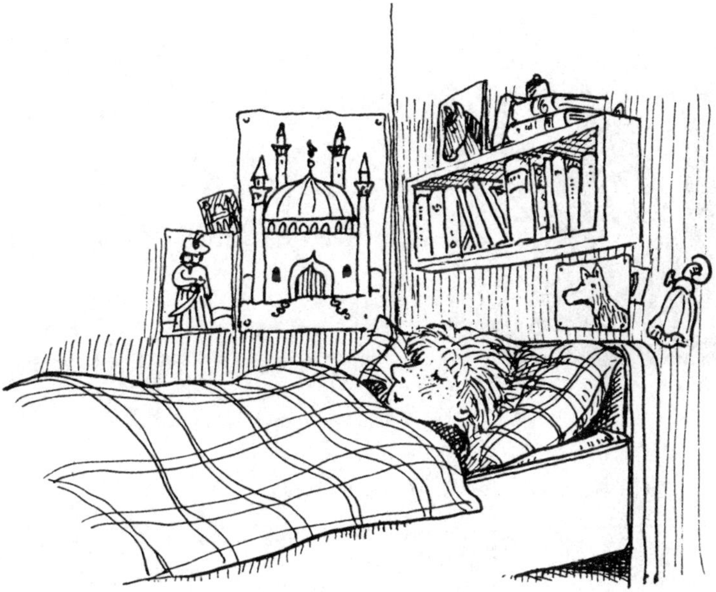

第五个梦

利普尔好奇地问道:"这期间你们想出什么办法来了吗?"

阿斯拉姆摇了摇头。"没有。"他简短地答道。

"可惜我也没有。"哈米德接着说道。

"我有一个主意。"利普尔说,"但我把它忘了!"

这时,有人敲门。阿斯拉姆站了起来。

"谁呀?"他轻声地问。

"我!老板娘!"胖妇人推开门,向房间里看了看,"已经快到中午了,你们还什么都没吃。出什么事了? 你们在这里面干什么呢?"

"我们在思考问题。"阿斯拉姆说。

"原来你会说话呀!"她大声说道,"哑巴都会说话了,可你们却还在这儿伤心地坐着! 我真不明白,你们到底怎么了?"

"其实我们可以告诉她。"利普尔说,"她肯定不会把我们出卖给侍卫。"

"你们在说什么呀?"老板娘问道。

"我是国王唯一的儿子,王位继承人,王子阿斯拉姆。她是哈米德公主,我最小的姐姐。"阿斯拉姆郑重其事地说道。

"你是王子?"老板娘爽朗地大笑起来,"两个穿着破衣烂衫的脏兮兮的孩子,想当王子和公主?"

哈米德摘下手腕上的镯子,递给老板娘。

"您看看这里面刻的什么。"她说。

老板娘难以置信地看了看阿斯拉姆和哈米德,然后仔细地看着那只手镯。

"这是王室的族徽!"她惊恐地说,"这件首饰确实不是你们偷来的?"她再次看了看阿斯拉姆,又看了看哈米德,然后不知所措地说:"现在,我简直不知道我应该相信什么了!"

"您可以相信我,尊贵的夫人。"哈米德说,"这是我的手镯。我就是哈米德公主。"

"你们怎么会到我的旅馆里来呢?而且还穿着这样破旧的衣服!这一切都意味着什么呢?"现在她完全糊涂了,"你们的父王知道你

们在这里吗?"

"我们必须跟她解释清楚。"利普尔说。于是,他们三个人就把经历的一切都告诉了她。

"可怜的孩子们!"当他们讲完自己的故事之后,老板娘先是万分同情,然后又立刻改口道,"不,我想说的是,可怜的王子殿下与公主殿下!那现在应该怎么办呢?要不要我去王宫直接对国王说你们在这里呢?"

"这恐怕办不到。"阿斯拉姆窘迫地说,"侍卫根本不会让你靠近我们的父王。况且,他已经把自己锁在了寝室里,不想见任何人。"

"必须转移王宫守门侍卫的注意力,把他从那儿引开!"老板娘大声说,"然后,你们三个人才能趁机溜进去。"

"这是个办法。"阿斯拉姆说,"可是,怎么才能分散侍卫的注意力呢?"

"我想出了一个主意。"利普尔宣布,"由我去把他引开。只要你们俩进了王宫,一切就好办了。"

"可是,我们怎么能够做到不被人注意地穿过大街小巷,抵达王宫呢?那两个在城里到处巡逻的侍卫一定会发现我们的。"哈米德说。

"我也想出了一个主意。"老板娘说,"在王宫外墙后边有一个小花园,我丈夫和我有时会推着小车去那儿干活儿。我可以把你们藏在小车里,再用空口袋盖在你们身上。这样做不会引起别人注意,而从王宫外墙再到你父亲的寝室就没有多远了!"

他们三个互相看了许久。这倒真是个办法!现在要解决的问题就剩下利普尔怎样把守门的侍卫引开,而且自己也不会遇到什么危险了。

胖老板娘又想出了一个点子:"你可以站到王宫外墙上面,一边走一边大喊,然后你就能看到侍卫跑得有多快了!"

"围墙高不高?"利普尔小心翼翼地问,"墙头上够宽吗?会不会从上面掉下来?"

阿斯拉姆和他们想的不一样:"如果侍卫把利普尔抓住了怎么办?如果侍卫也爬上墙头来抓他怎么办?"

"事情总得一件一件地办!"老板娘说,"墙头比人高不了多少,侍卫那么胖,爬上去也会像酒桶似的滚下来。如果利普尔敢从墙头上往下跳,那下一步就好办多了。"

"下一步要怎么做呢?"利普尔问。

"利普尔把侍卫引到离他很近的地方,然后就赶快跳下来,当然

是向墙外跳。侍卫必须翻过墙头才能过来。等他翻过来时,我早已把利普尔藏到小车里的口袋下面了。如果侍卫问我,看见那个男孩了没有,我就指着一条小巷告诉他,说他刚刚跑到那边去了。你们觉得这个计划怎么样?"

"很好!"三个人都这样认为。

于是他们就开始按照计划行事。

阿斯拉姆、哈米德和利普尔都躺进小车里。老板娘用口袋把他们盖住,套上毛驴,然后就悄无声息地向王宫外墙后面的小花园驶去。到了那儿之后,她环顾四周。

"看不见骑马侍卫的踪影!"她大声说道,"你们可以出来了!"

他们仨站在小车上,小心翼翼地向围墙里面张望。围墙里面是一片空地,空地后面是另一道更高的墙和一座大门。那个侍卫就站在大门旁边,靠在柱子上,盯着门口的路。

阿斯拉姆和哈米德沿着围墙走了很长一段,终于找到了一个可以爬进去的缺口。他们迅速地从那儿钻进去,穿过里面的空地,向大门和侍卫所在的地方靠近。

最后,他们藏在离大门不远处的一排树丛后面,给利普尔发出一个信号。

这时候,利普尔就大摇大摆地出场了。

他跳上墙头,在上面散起步来。快到大门附近的时候,他站住了。他刚才躺在口袋下面,编了一首歌。现在,他深深地吸了一口气,然后就开始唱起来:

利普尔站在这墙头上,

大白天到处是明亮的光。

那儿站着一个侍卫在窥视,

虽然很近他也不能把我怎样!

那个侍卫目瞪口呆地望着利普尔,简直不相信自己的眼睛。然后,他谨慎地向利普尔这边走来。

利普尔开始唱第二段:

利普尔站在这墙头上,

侍卫傻乎乎地在那边游荡。

小利普尔聪明得很,

高大的侍卫却和蠢驴一样!

侍卫听了怒不可遏,然后迅速向墙头这边跑了过来。

在他身后,阿斯拉姆和哈米德已经趁机悄悄地从大门溜了进去。

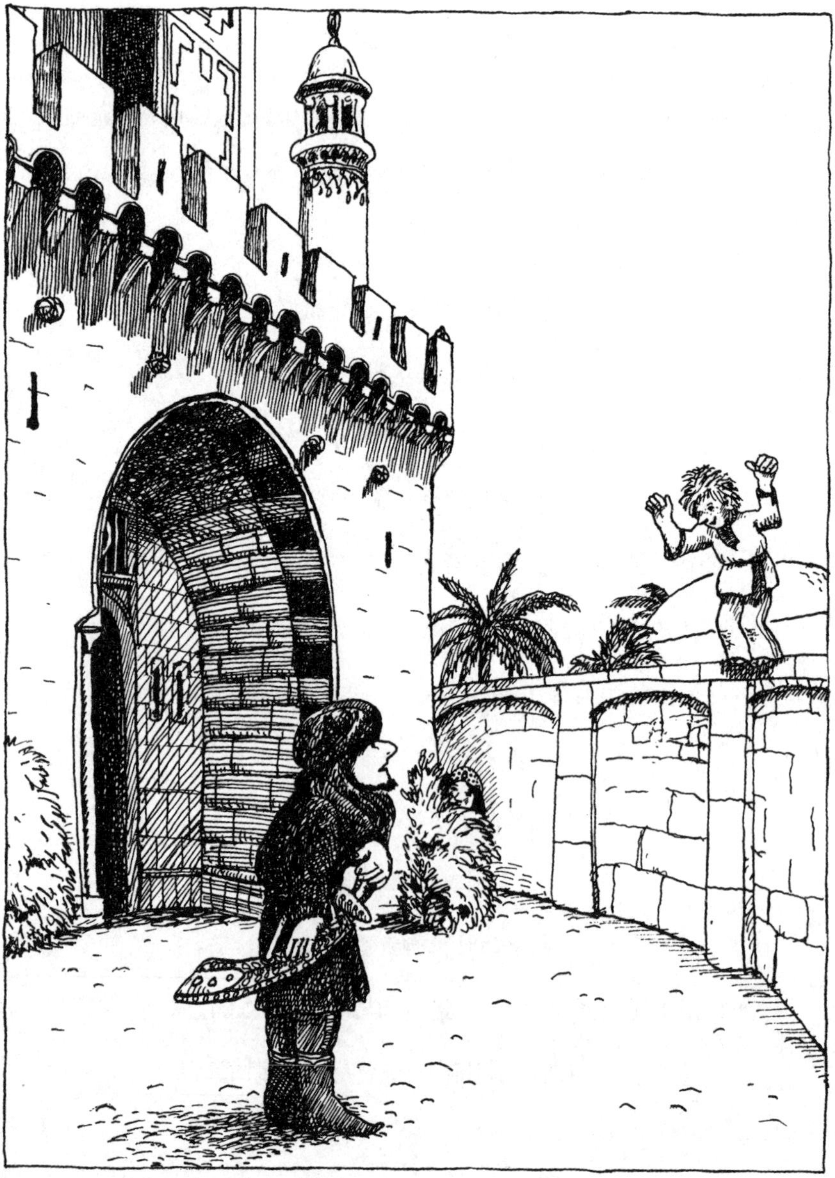

"小心,利普尔!注意脚下!"老板娘在墙外喊道。

利普尔大笑起来。"他抓不到我!他离我还远着呢!"他骄傲地说,同时很快地又唱了两句:

>   现在利普尔要穿过大街小巷,
>
>   愚蠢的侍卫绝对追赶不上!

"利普尔!利普尔!"老板娘又喊了起来,听上去很着急。

利普尔想,她到底有什么打算呢?那个侍卫离他还很远呀!

不过,他不想让善良的老板娘着急,还是早一点儿跳下去吧,宁早毋晚!于是,他就转过了身。

他刚转过来,就被吓得心脏都几乎停止了跳动。原来,另外那两个侍卫就站在他身后的墙下!他们在城里远远地就看到他站在了王宫外墙的墙头上,于是就把马丢下,趁着他在墙头上唱歌的时候,悄悄地溜了过来。

其中一个侍卫试图抓住利普尔的脚,把他从墙头上拉下来。

利普尔大声喊道:"救命啊!救命啊!救命啊!"他一边喊,一边在墙头上奔跑起来。

墙里面守门的那个侍卫在墙里面追,墙外面的两个侍卫在墙外面追。突然,墙外的一个侍卫停下脚步,转身往回跑。利普尔琢磨,他

可能是去牵马了。骑在马上追，那就快多了。

"救命啊！"利普尔立刻掉头往回跑，边跑边继续喊着，"救命！救命啊！"

有几扇窗户打开了。王宫哨所里的士兵们纷纷探出头来，查看是谁在那里大喊救命。有几个王宫侍卫出于好奇，已经走出了王宫大门。

"救命啊！"利普尔朝他们大喊。但是，刚从王宫里出来的几个侍卫只是不慌不忙地走着，好奇地看着眼前发生的这一幕。

利普尔绝望地从墙头上跳到那片很大的空地上。

他试图从那个守门的侍卫身边跑过去。但是，那个粗暴的侍卫动作更快，他的大手一下子就抓住利普尔的胳膊，轻而易举地把他提了起来。接着，他用另一只手去拔佩剑。利普尔疯狂地挣扎并反抗着。

这期间，另外几个王宫侍卫和仆人也跑了出来，来到先前出来的那几个侍卫身旁。

"对这样一个小男孩，你用不着抽出宝剑！"其中一个侍卫对抓住利普尔的侍卫说道。

还有一个侍卫吃惊地喊道："你们看！这不就是那个和王子一块

儿被驱逐的陌生人吗？他到底是从哪儿来的？"

眨眼之间，利普尔已经被绑了起来。

"我们带他去见国王！只有国王才能决定该如何处置他。也许他知道一些关于王子死亡的消息。"他们说。

"快，跟我们去王宫！"一个侍卫粗暴地吼道，"别想逃跑！"

"你们根本不用担心。"利普尔松了口气，说道，"我肯定不会逃跑。请立刻把我带到国王那儿去！"

侍卫们押送着利普尔穿过前院、第二道院，然后来到王宫。利普尔终于站在了通向国王寝室的门口。

门开了。

"不！"利普尔喊道，"还不行，请等一等！"

雅科布夫人把头伸进门内，说："起床了，菲利普！现在是六点四十七分！"

利普尔醒了。

星期六

短暂的早餐,漫长的午餐

吃早餐的时候,雅科布夫人问:"现在你考虑好了吗?"

"考虑什么?"

"午餐的事情,你知道的!"

利普尔耸了耸肩,沉默不语,只顾喝他的酸奶。

雅科布夫人以为他在考虑,想说得更清楚一些:"今天中午你回来吃午餐,不要到耶施克夫人家去!听见了吗?"

"我就去耶施克夫人家吃!"利普尔执拗地说道。

"如果你这样做,那你就不要再回家了!"雅科布夫人愤怒地说,"然后……"

"然后怎么样?"利普尔小心翼翼地问。

"然后你会看到后果的,我警告你!"雅科布夫人站了起来,"你自己吃吧。我没胃口了。"说着,她离开了厨房。

利普尔也没有兴趣自己坐在餐桌旁。于是,他背起书包就上学

去了。

放学之后,他与阿尔斯兰和哈米德一起去了耶施克夫人家。他始终走在他家对面的街道一边,他担心雅科布夫人会发现他,担心她会从家里冲出来,把他拉回自己家去。

"那边是我家。我住在那里。"利普尔对阿尔斯兰和哈米德解释说。

"你住在那儿?那我们现在去哪儿呀?"哈米德问。

"我们不到你家去吗?"阿尔斯兰问,同时站住了。

"不,不。"利普尔很快地说,拉着他就走,"我爸妈不在家,你们是知道的。所以,今天我们去我的女朋友耶施克夫人家吃午餐。"

耶施克夫人打开门的时候,饭菜的香味也跟着飘了出来。利普尔向耶施克夫人介绍了他的两个朋友,耶施克夫人高高兴兴地欢迎他们的到来。利普尔和哈米德立刻帮忙铺桌布。

首先上来的是字母面片汤。当然,每个人都找到了自己名字的首字母。

然后,耶施克夫人端上来的是煎牛肉和土豆丸子。阿尔斯兰和哈米德从来没吃过这种丸子,所以他们俩先分享了一个,品尝了一下。阿尔斯兰不是很喜欢丸子的味道,所以他又到厨房取了一片面包。哈米德觉得丸子很好吃,又接连吃了两个。

而最好吃的还是饭后甜点——樱桃罐头!

利普尔建议耶施克夫人坐着不要动,让他们三个孩子去洗盘子。

洗完盘子后,他们就开始做游戏:猜墙角①、扑克接龙和"哎,你别生气"跳棋②,一直玩到差一刻四点。

在玩"哎,你别生气"跳棋时,耶施克夫人也和他们一起玩,因为四个人玩比三个人玩更有趣。

四点钟,阿尔斯兰和哈米德必须回家了。于是,他们三个和耶施克夫人告别,再三表示感谢之后就离开了。

利普尔陪他们走到赫尔德大街。他们在那儿分手。

"星期一见!"利普尔说,"学校见!"

"学校见!"阿尔斯兰说。

"我们星期一下午干什么?"利普尔问。

---

① 一种靠听声音猜哪种声音来自哪个墙角的游戏。
② 这种跳棋的规则之一是如果跳到某一点必须退回到出发点,所以叫"哎,你别生气"。

"咱们还一起玩。"哈米德建议。

"好主意！"利普尔说。

"那就星期一再见！"哈米德说完，就和阿尔斯兰一起回家了。

耶施克夫人出面干涉

送走他们之后,利普尔再次敲响了耶施克夫人家的门。

"利普尔,是你?"她惊讶地问道,"你不想回家吗?"

"想的,早就想……"他迟疑了一下,没有立刻回答。

"那为什么不回去呢?出什么事了?"

"我不敢回去!"

耶施克夫人吃惊地看着他。"你不敢回家?"她问,"到底为什么?"

"我觉得,如果我现在回去,雅科布夫人会打我。"他小声说道,"今天早上,她警告我,如果我不在家吃饭会有什么后果,她说……"

"这简直太过分了!这可不能当真!"耶施克夫人愤怒地说,"我和你一起回去。她不会打你的,我担保!"

耶施克夫人脱了平时在家穿的鞋,换上一双浅口黑皮鞋。

"我只要再换一件好一点儿的衬衫。"她对利普尔说,"只要五分

钟！"

之后,他们一起过马路,在利普尔家门口按了按门铃(虽然利普尔身上有钥匙)。

雅科布夫人开了门。"啊,原来是你呀!"她对利普尔说,声音听起来就没好气儿,"进来吧!"

她用余光瞟了一下耶施克夫人,当对方根本就不存在似的。如果不是耶施克夫人马上和利普尔一起走进屋去,她一定会让耶施克夫人吃个闭门羹。

"您好。"耶施克夫人在门厅里礼貌地说道,"我是耶施克夫人。"

"我想也应该是您。"雅科布夫人说,"您想拜访我们?"

"我和利普尔一起来……"耶施克夫人开始说道。

"和谁?"雅科布夫人问。

"和我。"利普尔向她解释说。

"原来是和菲利普。"雅科布夫人怪声怪气地说,"我当然看得到您是和菲利普一起来的。"

耶施克夫人并没有因此而生气。

"我和利普尔一起来,是因为他怕您可能会打他。"耶施克夫人把刚才要说的话说完,"因为他今天在我那儿吃的午餐。"

"我打他?!简直是胡说!"雅科布夫人尖刻地大笑起来,"这是一种典型的男孩子的胡思乱想。我从来不打人。但是,他肯定要受到关禁闭的惩罚!"

"您不能仅仅因为他在我那儿吃饭就关他的禁闭。"耶施克夫人愤怒地说,"这样不行!"

"这您得听我的,请您不要干涉!"雅科布夫人说,"说到底应该是我对这个孩子负责,而不是您!"

"不,我不会听任您胡来!"耶施克夫人的嗓门儿也高了起来,"这孩子是我邀请的。"

"这是您的过错,不是我的。"雅科布夫人冷冰冰地说。

"您知道吗?"耶施克夫人走到雅科布夫人面前,用她那胖胖的食指敲了敲对方的肩膀。"您可以走了!"

"走?什么意思?"

"您可以提前一天结束您的工作。剩下的一夜由我来陪这个孩子。"

"这不可能!我在这儿工作,我为此得到报酬!"雅科布夫人愤怒地说,"您想什么呢?"

"如果问题在于工资,那咱们就好商量了。我会和马滕海姆先生

说的。您肯定有利普尔父母的电话。"

"不,我没有。"雅科布夫人说。

"号码就在电话旁边的纸条上。"利普尔说。

耶施克夫人仔细地拨打电话。

雅科布夫人站在她旁边,脸色很难看,好像她随时会拿起电话机敲碎耶施克夫人的脑袋似的。

"您好！能不能请您接通马滕海姆先生？"耶施克夫人问。她等了一会儿。"您就是马滕海姆先生？太好了,您在旅馆里！我是耶施克,耶施克夫人,您对门的邻居。对。我们这里有个问题。我很乐意今天晚上和明天上午待在您家里照顾利普尔。"她说,"我认为,利普尔也会乐意的。"

"非常乐意！"利普尔在听筒旁大声喊道,"一百个乐意,爸爸！"

耶施克夫人静静地听着电话,说了声"是的",又说了一声"是的",然后说"不,不",还说"是的,可惜问题就这样发生了,您说得对"。

最后,她问:"如果让雅科布夫人今天就走,您不反对吧……雅科布夫人仍然能得到整整七天的工资,好吗……好,这样就没有任何问题了。"

随后,她把听筒递给雅科布夫人:"马滕海姆先生想和您说话！"

雅科布夫人板着脸,接过听筒。

利普尔紧张地听着。但是,他只听见一声"是",又一声"是"和"如果您这样认为"。然后,"砰"的一声,她撂下了听筒。

"可是,我也想和爸爸说话！"利普尔诉苦道。

耶施克夫人一边把他拉到自己身后,一边说道:"这并不那么重

要,你以后还可以说。现在首先要解决的是别的事情。"

"真是闻所未闻!太放肆了!"雅科布夫人骂骂咧咧地说道,"这么简单就把我轰出去?!几乎可以预见这是一个怎样的家庭!"

"没有人把您轰出去。您只是提前一天回家。"耶施克夫人说道。

"我怎么回家?!我应该步行穿过整个城市吗?还拖着个箱子?"

利普尔打开电话簿,找到一个号码并拨通了电话。

"你给谁打电话?"雅科布夫人问。

"我为您叫一辆出租车。"利普尔解释说。然后,他朝电话里说道:"是出租车公司吗?能派一辆车到弗里德里希-吕克尔特大街49号来吗?马滕海姆家。十分钟后……是的,谢谢!"

"我应该自己付出租车费吗?"雅科布夫人问道。

"不,当然不会。"利普尔说。

"你到哪儿去弄钱?"

"五斗橱上面的小木箱里,有些钱可以用来应急。"利普尔说道。

"对,目前这种情况就算应急。"耶施克夫人同意。

一刻钟之后,雅科布夫人扬长而去。她连一声"再见"都没说,而且把客厅的门和利普尔家的大门接连在身后"砰""砰"地撞上。

利普尔和耶施克夫人在窗口看着雅科布夫人上了出租车。

当他们目送着出租车消失在街角、再也看不到的时候,耶施克夫人说道:"现在好了,我们可以过一个真正舒适的晚上了!"

利普尔上床睡觉的时候,已经很晚了。这期间,耶施克夫人又回了一趟家,把洗漱用具和睡衣拿了过来。然后,他们一起吃了晚饭,一起洗了盘子,一起玩了一会儿连珠棋,还很认真地看了看电视里都播放什么节目。

现在,利普尔躺在床上,打了个长长的哈欠,伸了个懒腰,接着就睡着了。

星期日

利普尔的书

早上,当耶施克夫人洗完澡、哼着小曲儿从利普尔的房前经过,准备去厨房做早餐的时候,利普尔正好走出房间。他看起来情绪沮丧,萎靡不振,头发全向上立着。

"早上好,利普尔。"耶施克夫人高兴地说。早上她的心情总是很好。

"早!"利普尔不那么友善地回答。

"怎么了?你生气了?是我唱歌把你吵醒了吗?"耶施克夫人问。

"不,不是。我没生您的气。"利普尔肯定地说,"我生我自己的气。昨天夜里我根本就没有做梦!"

"根本没有做梦?有这样的事?"耶施克夫人惊讶地问道。

"其实我做了梦,梦见了学校,梦见了阿尔斯兰和哈米德,还梦到了您。但是,我的'续梦'没有继续下去。现在我又不知道故事会怎么结束了!"利普尔叹息了一声。

"那确实很遗憾。"耶施克夫人说。

"没什么,我相信明天我就会把它做完!"利普尔说。

"我担心这样行不通。"耶施克夫人说道,"如果'续梦'中断了,就很难在中断的地方接着再继续下去。"

"那我该怎么办呢?"利普尔更不高兴了,"只差一个结尾了。我必须知道一切是怎样结束的!"

耶施克夫人考虑了一下，然后说道："你不是提到过一本书吗，后来被雅科布夫人拿走了的那本书？有了那本书，整个故事不就有结尾了吗？"

"对，对！"利普尔回答，"但是她把书藏起来了。我们肯定找不到！"

"等一等！"耶施克夫人一边说着，一边去了利普尔父母的卧室。很快，她就回来了，手里拿着利普尔的那本书。

"就是这本书！"利普尔高兴地喊道，"您在哪儿找到的？"

"唉，昨天晚上睡觉之前我还看了一会儿呢。当时，我想看看床头柜上有什么书可看，结果还真发现了一本。就是这本书！这里面有很多故事，你看过蛇女王那一篇了吗？"

"没有。"利普尔说，"现在我对这个故事根本不感兴趣了。我想看的是国王和他儿子的故事！"

他激动地接过书，立刻把书拿回床上。当他翻开书页的时候，他的手指甚至都有些颤抖了。他迅速找到那个故事，并开始阅读起来。

但是，过了没多一会儿，他就下楼来厨房找耶施克夫人了。他没精打采地坐在餐桌旁。

"又怎么了？"耶施克夫人问道，"瞧你那脸色，好像有人又把你

的书拿走了似的！"

"故事根本不是那样的！"利普尔生气地说，"书里写的完全不一样，只有开头是一样的。书里根本没有出现什么婶婶。书里的恶女人叫欧达里斯克！我连欧达里斯克是什么意思都不知道！"

"欧达里斯克？我也不知道。"耶施克夫人说，"但是你父母肯定有百科全书，能够查到这个词的意思。"

"是的，爸爸的工作室里有。"利普尔说道。

"那我们马上去查一查！"耶施克夫人建议道。

他们俩一起翻开百科全书，先翻到字母"O"，然后翻了好几页才找到了那个词。

"这个词的意思是'女奴'。"利普尔念道，接着又开始抱怨起来，"可是，那个婶婶并不是什么女奴呀！一个女奴哪里会有那么多金币！她是国王死去的弟弟的遗孀！"

耶施克夫人打断了他的话。"你不应该骂这本书，也不应该骂百科全书，它们两者都没有责任。"她说道，"你的'续梦'，是你自己的故事，是你在梦中虚构的故事。你能够做到这样，这本身就是一件很好的事！"

"是，是这样。"利普尔犹豫了一下说，"但是，我还是不知道故事会怎样结尾呀……"

"那你就干脆自己想一个结局。"耶施克夫人说,"你自己去想象一下,一切都会怎么结束吧!"

"不,这不行!"利普尔不乐意地摇摇头,"那我就永远不知道结局是不是真是那样了!"

"孩子,"耶施克夫人搂住他的肩膀,和他一起走回厨房,"现在,先忘了你的故事吧!也许你会继续做你的'续梦',也许不会。还是想想今天吧!你的爸爸妈妈就要回来了,如果我们一起做一顿丰盛的午餐来迎接他们,你觉得怎么样?"

利普尔不得不承认这是一个好提议。于是,他们安静地吃完早餐,刷了盘子,然后就开始准备午餐。

耶施克夫人对利普尔爸爸的那些厨房电器非常着迷。她先是为利普尔和她自己各榨了一杯橙汁,然后又榨了一杯胡萝卜汁,最后又榨了一杯苹果汁。虽然耶施克夫人说她这样做是为了摄取更多维生素,但是利普尔很清楚,她就是想试试这种电动压榨机好不好用。

午餐终于做好了,桌布也铺好了。耶施克夫人很快地过了马路,回到自己家的厨房,取来一瓶梨罐头作为饭后甜点。一切都已齐备。

归 来

整十二点时,门铃响了。

利普尔冲出去开门。爸爸妈妈回来了!妈妈放下行李箱,热烈地拥抱利普尔。"利普尔,我的孩子!"她大声说道,"我可想死你了!"

"你们回来了我也很高兴!"利普尔说。

"这个星期过得怎么样?你身体好吗?想我们了吗?"妈妈问道,"你和雅科布夫人合不来吗?到底是怎么回事?为什么耶施克夫人来了呢?"

爸爸无奈地站在一旁,对利普尔说:"在你回答妈妈的一连串问题之前,我想先拥抱你。"

利普尔拥抱了爸爸。

然后,耶施克夫人也从厨房里出来了。利普尔的爸爸妈妈向耶施克夫人致以衷心的问候。

他们四个人一起来到厨房,围坐在已经铺好桌布的餐桌旁。

"有些可惜的是,利普尔今天吃的会和昨天晚上吃的一样。"耶施克夫人说道,"我只能用雅科布夫人买好的食材。她准备了煎牛肉。"

"但是,昨天是丸子,而今天是面条儿。"利普尔说,"此外,您的牛肉做得那么好吃,让人想天天吃!"

"耶施克夫人昨天就已经在这儿做饭了吗?"爸爸惊讶地问,"我以为雅科布夫人昨天还在。"

"她昨天中午确实还在。我和阿尔斯兰以及哈米德是在耶施克夫人家吃的午餐。"利普尔说。

"和谁?"爸爸问。

"越来越神秘了!"妈妈说。

利普尔大笑起来。"他们是我的新朋友。"他说。

"朋友?这可是好事呀。你在哪里认识他们的?为什么你们要在耶施克夫人家里吃饭呢?"妈妈问,"你最好按照顺序,把我们不在家的这一个星期里你所经历的事情全部都讲一遍。"

利普尔讲了雅科布夫人、学校、穆克——即那条狗,还有基尼一家。

妈妈听完之后,对耶施克夫人说:"我要立刻三倍地感谢您,为您邀请了利普尔的朋友,把雅科布夫人打发走,还做了今天这么好吃的饭菜!"

"还为了这饭后甜点。"爸爸说着,又吃了一口梨罐头。

耶施克夫人都有些不好意思了。"不用客气！"她说道，"这都是应该的。"

吃完饭后甜点，爸爸问道："利普尔，现在你到底攒了多少积分了？够一百分了吗？"

"要不是雅科布夫人总把我的积分卡扔掉，我早就已经攒够了！如果把现在冰箱里的酸奶盖子上的积分也算上，准确地说，我现在有九十八分了。"

爸爸大笑起来，对妈妈说："那就赶快把你的手提包打开吧！"

妈妈在她的大手提包里摸索了半天，掏出了四张积分卡。

"你们从哪儿弄到的？在维也纳也有带积分卡的酸奶吗？"利普尔喜出望外。

"不，不，我们是在火车上得到的，就在餐车上，我们总是要买酸奶的！"

利普尔很高兴。"太棒啦！现在我的积分已经超过一百分了！我可以兑换贴纸了！"他兴高采烈地说道。

"不过，这不是我们从维也纳带给你的唯一东西。"爸爸说着，从行李箱子中拿出一本很大的书，塞到利普尔手里。

利普尔很快把这本书翻了一遍。"许多贴纸！全是彩色的！"他

满意地说。

"这是关于一个名叫内莫的男孩的故事。"爸爸说,"内莫每天夜里都会做梦。在这本书里你可以看到他的梦中历险。"

爸爸不该说这些!因为这样一来,就让利普尔想到了他的"续梦",想到了那个仍然缺少结尾的故事!利普尔把那本新书放到一边。他不再觉得开心了。他坐在单人沙发里,闷闷不乐地注视着地板。

"发生了什么事?我们说错了什么?你觉得受到伤害了吗?"妈妈不知所措地问道。

"你怎么一下子变成这样了?"爸爸也问道。

"我或许知道为什么。"耶施克夫人说,"这本书令他想起了自己的'续梦'。是不是,利普尔?"

利普尔点点头。

"'续梦'?这是什么意思?"妈妈问,"你快说呀!"

利普尔再次开始讲了起来,从他看了那个故事的开头,讲到他后来怎样连续做梦,讲到王子阿斯拉姆和公主哈米德,讲到东方之国的城市、王宫、青年旅馆,直到最后一个未完结的梦。

"现在,我不知道这个故事会怎样结束。"他不高兴地说,"我不得不被带到国王那儿……我说的这个'我'不是真正的我,而是梦中的利普尔。你们明白了吧?"

"是,是的。"妈妈说。

她考虑了片刻,然后说道:"我知道故事会怎样结束!"

"你怎么知道?你听过这个故事吗?还是在什么地方读过?"利普尔激动地问道。

"这不重要。"妈妈说,"重要的是,我知道一切都是怎样结束的!"

"是的,你肯定知道。"利普尔相信妈妈说的话。

于是,妈妈就开始讲了起来……

故事的结尾

犯人利普尔被带进王宫。将他的手绑起来的侍卫把他移交给了内廷侍卫,因为普通的王宫侍卫不能进入国王的卧室。内廷侍卫又把利普尔移交给了内廷侍卫长。最后,内廷侍卫长把利普尔移交给了国王的贴身侍卫长。

贴身侍卫长严厉地问道:"你是谁?你到底要干什么?"

利普尔说:"我叫利普尔。你为什么问我要干什么?说到底是他们强行把我押送来的!不过,你可以把我送到国王面前!"

"你竟然这么嚣张!"这位王宫里最高级别的侍卫长官怒气冲冲地说道,"当你站在国王面前的时候,你的笑话就说不出来了!"

国王已经离开了他的寝室。当利普尔被带进去的时候,国王已坐在大殿的宝座上。

国王立刻下达命令:"快给他松绑！给他一个软垫、一杯无花果汁和一盘水果。"贴身侍卫长听了大吃一惊。

"非常感谢。"利普尔说道,然后就坐了下来,"假如我可以请求什么的话,那么我宁可要一杯酸奶来代替无花果汁。"

"你们听见了吗？"国王立刻对他的仆人们大声说道,"把御膳房里最好的酸奶给他取来！"然后,他转身面对着利普尔,要求利普尔把知道的一切情况都向他报告。

利普尔对国王讲述了王子婶婶的卑鄙行径,讲述了沙尘暴中的逃亡和三个侍卫的追捕,讲述了他们在青年旅馆的躲藏经历和胖老板娘对他们的帮助,以及利普尔自己最后被捉住的全部经过。

国王认真地听着,不时地点着头,好像是在确认自己已经知道的一切。而同时在一旁聆听的仆人和侍卫们,一个个都按捺不住自己的愤怒了。

"尊敬的国王,请允许我立刻逮捕那三个不忠的侍卫！"贴身侍卫长大声说道,"不然他们会逃跑的。"

"把他们抓起来,关进监狱！"国王命令道,"现在立刻去把'野蛮哈里发'青年旅馆的老板娘接来！同时把我弟弟的遗孀也请进大殿！不要把你们在这里听到的事情泄露给任何人！"

不一会儿,国王的命令就一一被执行了。这期间,仆人也把利普尔要的酸奶端了上来。酸奶虽然很好吃,但利普尔觉得把酸奶装在纯金的小碗里实在没有必要。他更喜欢一个带有积分卡的酸奶盒。

首先被带上来的是老板娘。她十分害怕,不管怎么说,当利普尔嘲笑一个王宫侍卫的时候,她也曾经帮过腔!但是,当她看见利普尔自由而又愉快地坐在国王面前时,她的恐惧感也就稍稍减轻了些。

国王叫她到跟前来。"尊贵的夫人,您有一颗善良的心。"国王说道,"我永远不会忘记您救了我的孩子们。我要重重地奖赏您!请您先在那边的垫子上坐一会儿,见证正义是怎样实现的!"

这时,王子的婶婶也进来了。

当她看到利普尔时,突然愣住了,脸色"唰"地一下变得苍白。毕竟,她以为利普尔也像王子与公主一样,已经死掉了!但她很快镇静下来,不动声色地走到国王面前。

"亲爱的兄长,强大的国王,"她鞠了一躬说道,"我能为您做点儿什么呢?"

国王指了指利普尔,说道:"这个叫利普尔的男孩说,你曾经计划谋害王子阿斯拉姆和公主哈米德,你给了三个侍卫一袋金币,让他们把王子和公主害死!"

"这个利普尔是一个无耻的骗子！"王子的婶婶恼羞成怒地说道，"你们好好看看他！他是一个陌生人，一个外国人，他根本不是我们国家的人！您应该砍他的头，因为他竟敢当着国王的面撒谎！"

"你想否认这一切吗？"国王愤怒地大声说道。

"我不会否认任何东西，亲爱的兄长！我连动您孩子们一根头发丝的念头都没有！"王子的婶婶装腔作势地说，"他们的死讯令我十分难过，我感到无比悲痛。如果他们还活着，我愿把一切都奉献出来！"

"真的吗？你究竟会奉献出什么呢？"国王用威胁的口吻问道，"会把你的头也奉献出来吗？"

"您在说什么呀，亲爱的兄长？"王子的婶婶问道。

国王没有回答。他站起来，把身后的帘子拉开。原来，王子阿斯拉姆和公主哈米德就站在帘子后面！穆克坐在他们脚边。它看起来情况不大好，左前腿绑着绷带，耳朵也少了一只。但是，无论如何，它还活着！

"卑鄙的女人！你想害死我的孩子！"国王大声喊道，"为此你必须受到惩罚，受到你为利普尔所要求的那种惩罚！"

"饶命啊，饶命！"王子的婶婶大喊起来，"扑通"一声跪倒在地。

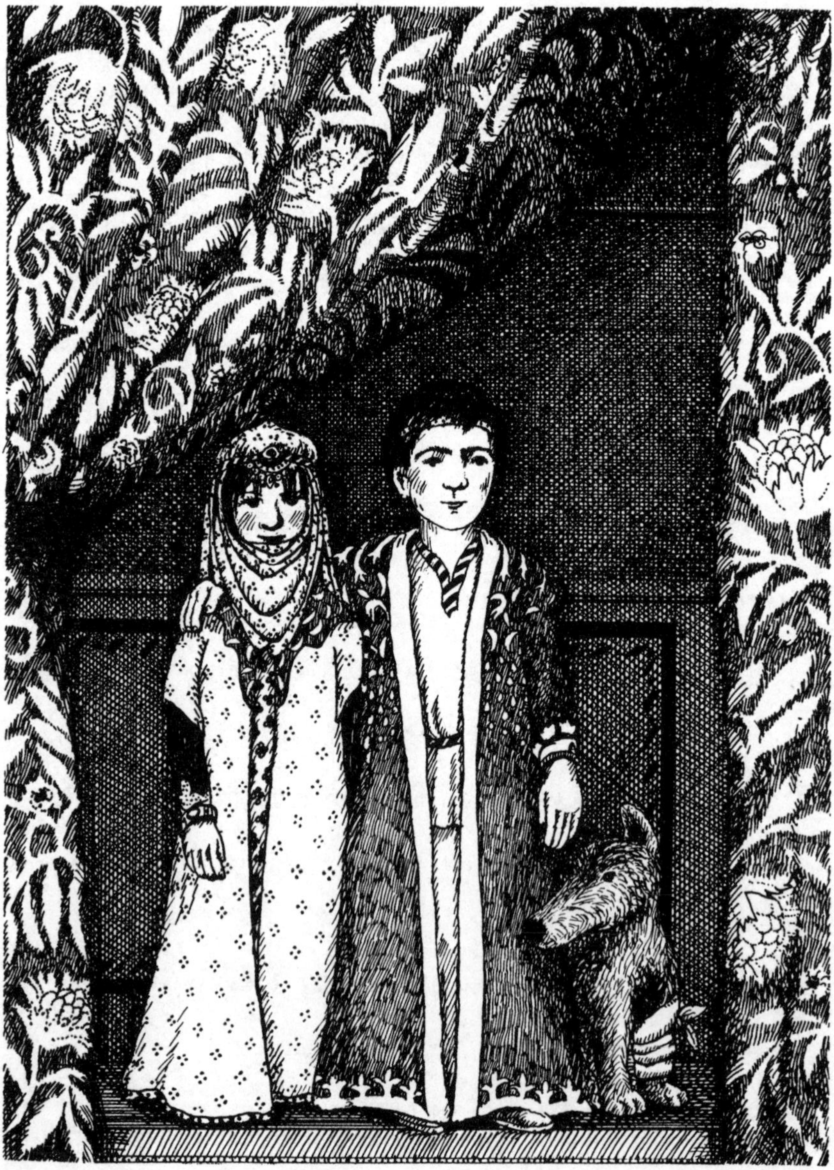

"把她的脑袋砍了！"国王命令道，"她可没有为利普尔他们喊过饶命。"

阿斯拉姆向前走了几步。现在，他表现出了一个真正的王子的风范。他没有辜负智者辛巴达的教导。

"我的父王，"他说，"当您下令驱逐我的时候，您已经太快地做出一个严厉的决定。后来，您因为这个决定遭受到了痛苦。万一您以后也对今天所做的这个决定感到后悔，那时就太晚了，一切就再也无法挽回了。所以，我请求您减轻一下惩罚吧！"

"那我应该怎么办呢？我的儿子有什么建议？"国王问道。

"她应该得到她曾要求对我们施加的同样的惩罚。她应该被永远地驱逐出这个国家。"

这个建议被采纳了。为了表示感谢，国王任命那个曾经无私帮助过孩子们的胖老板娘为宫廷水果总管。她可以把王宫花园里的无花果做成罐头，而且将和她丈夫持久地获得每年一万两千第纳尔的纯年薪，不用再上税！

结束语

妈妈充满期待地看着面前的三位听众。

"现在,你们喜欢我的故事吗?"她问道。

"你是说,'我'的故事的结局吧!"利普尔说,"很完美!现在我知道了,一切都很圆满。"

"真的很完美!"爸爸说道。耶施克夫人也点点头。

利普尔满意地靠在单人沙发里翻着他的新书。这是多么美好的一个星期天呀,他在看着那些彩色贴纸的同时,心想,爸爸妈妈回来了,他攒够了一百个积分,明天下午他还要和自己的新朋友一起玩耍,而这个东方之国的故事,也终于有了一个美好圆满的结局。

译后记

2020年，听到新蕾出版社准备出版这本书的消息时，我非常高兴，立刻请新蕾出版社把德文原版书寄来，以便我重新校对、修订中文译稿。

重读这本书，我回忆起当年翻译时留下的深刻印象：阿斯拉姆王子、哈米德公主和利普尔一起被三个王宫侍卫押送出境，遇到沙尘暴的情景。这本书篇幅不长，没有特别复杂的情节，也没有太多的人物，但人物塑造和场景的描写虚虚实实，真真假假，结合得天衣无缝。这是一个激动人心的冒险故事，也是一个耽于幻想的天真少年学习与人交往的故事！

我边读，边校对，边修改润色，再次沉浸在利普尔的一个个梦境之中。

在校对过程中，除了个别字词做了小的改动之外，我还发现初版漏译了两处，约四五行文字，立刻进行了补译，还发现了一个之前因疏忽造成的翻译错误：把 Viertel vor vier "差一刻四点"译成了"三点一刻"，也对其进行了修订。笔者在此诚恳地向初版译作的读者表示歉意。

这本书的作者保罗·马尔出生后三个月，母亲就去世了。1942年，父亲被征兵上前线去打仗，他五岁时就被送到了乡下的祖父母家。他的童年始终笼罩在第二次世界大战的阴影和战后的贫困中。马尔的祖父是个小酒馆老板，特别会讲故事，这一点影响了童年的马尔。1947年，父亲从战俘营回家，接他回城里上学。马尔从小就爱读书，但父亲恰恰相反，而且性情十分暴躁。小马尔不得不经常把借来的书藏起来，一有机会就偷着看。因此，利普尔的形象也有着他自己少年时的影子。

这本书被奉为德国儿童文学的经典之一，不但出版了纸质书，有"有声书"，也被改编成电影，深受儿童喜爱。

希望经过这次修订再版，读者会更喜欢保罗·马尔的作品，更加喜欢富有思想深度的德国儿童文学。

李士勋 2020 年 4 月于北京

《寻梦奇遇记》教学设计

李欣　小学高级教师

【文本赏析】

看到这个题目,我想你已经知道这是个关于梦的故事了。

你当然做过梦,但你做过相同的梦吗?哦,不,不是说你的梦境每次都一样,而是你梦见了同一件事,一件还在不断发展下去的事。你每做一次梦,情节就往后推进一点儿,直到梦境变成一个完整的故事。

你做过这样的梦吗?

利普尔就做了这样一个神奇的梦。他原本是个普普通通的孩子,因为爸爸妈妈需要一起到外地出差,他不得不和来家里帮忙的雅科布夫人朝夕相处整整一周时间。很明显,这几乎就是一个挑战,因为这位夫人真的很刻板古怪。因为一点点小矛盾,她就没收了利普尔的一本书,并且完全不打算还给他。就这样,利普尔刚开始看的一个故事就被迫中断了。

你有没有被大人(当然包括老师)没收书本的经历呢?那种想看后续情节的急迫心情,就像心里有许多只蚂蚁在爬一样。可糟糕的是,无论你怎么做,都拿不回自己的书,当然也就无法看到自己梦寐以求的故事。你只能不停地胡编滥造,想方设法地推测,希望离自己

心爱的故事更近一点儿。

如果你有过这种经历,那你一定会羡慕利普尔了!当然,我的意思不是说你羡慕他的书被没收了——这无论如何称不上好事。而是利普尔居然能在自己的梦中,和那有趣的故事相遇。甚至,他还和自己在现实中的一对兄妹朋友共同成了故事的主角!

也就是说,这个故事变成了利普尔自己的故事!

就像我们无法预知未来一样,利普尔同样无法预知自己梦境的发展,他只能在睡着后不断进入故事,然后运用自己的智慧解决其中的一个个难题,从而令它拥有圆满的结局。

为了让大家理解起来更容易,我们不得不聊聊利普尔来回穿梭的这两个世界,我们姑且把它叫作现实世界和梦境世界吧。在现实世界中,利普尔是个生活简单的小学生,有爱他的爸爸妈妈,以及很有个性的美术老师。利普尔正在收集酸奶盒上的积分卡,他的邻居兼好友耶施克夫人也在帮助他,他已经快积够一百分了——这个小男孩的生活很平常,几乎和我们一模一样。而在梦境世界中,利普尔来到了一个陌生的东方国度,他要帮助被恶毒的婶婶陷害、逃亡在外的公主和王子躲避侍卫的追杀,重返王宫,从而让婶婶的阴谋彻底大白于天下。一路上,他们频频遇险,在躲躲藏藏的情况下还得想方设法解决衣食住行问题,时时刻刻都在与敌人斗智斗勇。

这两个世界是截然不同的!

谁不希望自己能拥有不一样的人生?对我们这样平凡的人来说,能在梦中过完全不一样的生活,那简直太酷了!

更神奇的是,两个世界之间还有千丝万缕的联系。

利普尔所在的班级新转来一对土耳其兄妹,他们恰好成为利普尔的新同桌。你猜得没错,利普尔在梦中帮助的那对姐弟,就是他们。现实中,哥哥因为不擅长德语而沉默寡言,梦境中,弟弟为了避免灾祸而七天不能开口说话。而两个世界中的女孩都活泼健谈,拥有同样的镯子和头巾。

利普尔可以将现实世界的东西带进梦境,比如他的衣服,还有一支手电筒。这些现代化的小物件在梦境中大放异彩,为他们提供了意想不到的帮助。

而这些神奇之处,利普尔并非一开始就知道,他也是在一次次惊讶的发现中逐渐领会到的。也就是说,不管是现实中还是梦境中,利普尔都随时处在发现疑团并破解的过程中,这让他在某些时候自己都分不清现实和梦境,一切都神秘极了。

如果你喜欢探险,喜欢新奇,喜欢与众不同,那这本书完全符合你的胃口,它会让你眼前一亮,爱不释手。你会恨不得自己能跳入书中,或者也和利普尔一样,用梦境来续写故事。

当然,一本好看的书,不仅仅只是一方面有趣。除开神秘的梦境环节,只是看现实部分的故事,它也同样吸引人。

现实中,利普尔和雅科布夫人的矛盾,以及他和耶施克夫人的友谊,足以形成鲜明的对比。雅科布夫人刻板、专制,总想以强硬的态度控制利普尔,比如她明明知道利普尔一家都不喜欢吃西红柿,却在做第一顿饭时就做了西红柿浓汤,并振振有词,声称那是西红

柿沙司，并非西红柿汤。天哪！这和那些强词夺理的大人如出一辙——这不都是西红柿做的嘛！看到利普尔吃着面条儿还委屈又生气，这样的大人怎么能让人喜欢得起来呢？

在这些小矛盾的描写中，我们完全可以感同身受，有时同情利普尔的遭遇，有时为利普尔的反抗暗暗打气，有时为他不得不让步感到十分痛心……还好，还有一位耶施克夫人。她和雅科布夫人截然相反，是利普尔最好的倾听者和帮助者。利普尔热衷于收集牛奶和酸奶盒子上的积分卡，她也会特意留下，更别说她总是耐心温和地给利普尔提各种建议了。当雅科布夫人拒绝利普尔邀请自己的同学——土耳其兄妹俩共进午餐时，是耶施克夫人毫不犹豫地帮助了利普尔，热情地准备了一顿丰盛的午餐。这固然是因为她视利普尔为自己的朋友，更重要的是，她完全没有歧视土耳其人！这是一个多么棒的大人！可以说，她和利普尔相处的片段足以令我们感动。

再说说这一周都没有露面的利普尔的爸爸妈妈。我相信看完书的你，也一定非常喜欢这样的父母，甚至相信利普尔的善良和宽容，正是因为他身上有父母的优秀品质的传承。而最关键的，作为线索的那一本书，就是利普尔的妈妈专门为儿子的喜好去买来，还用心地藏起来，留下线索让儿子寻找的书。为了弥补自己出差在外给儿子带来的不适，妈妈真是用心良苦。她当然没想到这本书最后被雅科布夫人没收的命运，但是单单看留下书这一点，就知道她是一个多么有趣又理解孩子的妈妈。

还有那对土耳其兄妹，他们虽然是利普尔梦境中的重要角色，但实际上,他们对利普尔的梦一无所知。他们只是奇怪,为什么利普尔会知道一些鲜为人知的事情,比如妹妹头巾的颜色,以及他们有一个恶毒的婶婶。他们和梦中的兄妹既有关联却又彼此不相知,这一切都让故事更加神秘。

好了,我反复地告诉你这本书多么好看有什么用呢?你一定要亲自打开它阅读,才能体会到它的种种绝妙之处呀!

【话题设计】

1.我们常常在书中读到进入另一个世界的故事,比如《纳尼亚传奇》《爱丽丝漫游仙境》等,但是每个故事里的"异世界"是不同的,你能回忆一下,自己看过的小说中的"异世界"是怎样的世界吗?故事主人公进入这个世界,所用的通道或者媒介又是什么呢?

2.利普尔的梦中经历和现实生活是相互交织的,也就是说,他的梦贯穿这一周的生活。虽然梦境和现实完全不同,但是你觉得梦中的遭遇对现实中的利普尔有没有影响呢?如果有,是怎样的影响?

3.你关注过利普尔每次醒来时是什么状况吗?准确地说,他有四次都是被雅科布夫人叫醒的,一次是自己醒来的。每次醒来又是因为什么呢?如果我们列出表格,就会发现一些线索。

4.雅科布夫人和耶施克夫人形成了鲜明的对比,她们有怎样不同的性格特征呢？你能不能将两位夫人的特点做一个比对和分析，分别得出二者不受欢迎和受欢迎的原因？

5.假如利普尔将自己梦中的故事讲给两位夫人听，你认为她们的反应分别会是什么样的？

6.有同学经过分析，发现了故事中的荒谬之处。（当然，这本来就是一个梦中的故事，出现荒谬之处是可以理解的。）比如利普尔为什么到梦中能听懂所有人的话？为什么梦中的王子在被冤枉时，不直接用笔和国王交流？你能不能也试着找一找，还有哪些显得很荒谬的地方呢？

7.你有像耶施克夫人这样的成人朋友吗？对方带给你怎样的感觉，和耶施克夫人有相似的地方吗？请用几句话形容你的成人朋友。

8.你有类似的幻想吗？假如是你进到这本书中，你觉得你的经历会和利普尔一样吗？如果由你来继续梦的故事，你会怎样往下创编呢？

9.在故事的最后，是由利普尔的妈妈讲述结局的。有同学认为这个安排很有深意——似乎任何圆满的结局都是由爱意编织的。你是否也认同这个观点呢？对于作者这样的安排，你有什么想说的？

【延伸活动】

给作者保罗·马尔的一封信

　　阅读了《寻梦奇遇记》,我们来认识一下作者保罗·马尔,因为这部儿童小说中有保罗·马尔童年的影子。在了解的基础之上,你想对保罗·马尔说些什么呢?

> 尊敬的 _____:
>
> 　您好!
>
> 　我刚读完您创作的故事 _____。
> 我认为它是一部 _____ 的小说。
>
> 　这本书最吸引我的是 _____
> _____
>
> 　我还希望从您那儿获知 _____
> _____
>
> 　　　　　　　　　　　　_____(署名)

故事中的场景

　　相信你一定能分清故事中的现实世界和梦中场景。它们分别构成了怎样的一个故事呢?能否分别按照它们的故事发展画出思维导图?

制作人物名片

在《寻梦奇遇记》中，每个人物都有鲜明的特征。即使作者没有描述他们的外貌，我们依然可以通过他们的特点轻松辨认出他们来。那你可以试着选一到两个你喜欢的人物，为他们制作个性名片吗？内容可以自己设计。

```
┌─────────────────────────────────────┐
│            人物介绍                  │
│                                     │
│    姓名：_____                  │
│                                     │
│    爱好：_____                  │
│                                     │
│    性格：_____                  │
│                                     │
│    在故事中的角色：_____         │
│                                     │
│    你对这个人物还有什么了解：_____   │
└─────────────────────────────────────┘
```

帮助利普尔解决困难

不管是在现实中还是在梦境里，利普尔都遇到过不少麻烦。你有没有试想过帮助他解决问题呢？比如在现实中，他已经答应邀请自己的土耳其同学到家吃饭，却遭到雅科布夫人的拒绝，除了请耶施克夫人帮忙，你还能帮他出其他主意吗？在梦中，他和王室兄妹生活陷入窘境，他们还能有其他办法化解吗？

诗与画

在故事中，利普尔是个机智的小诗人，特别是在广场表演的那一段。利普尔的即兴朗诵获得在场观众的一致称赞。(我们看到的是翻译的版本,相信原文也非常精彩。)而在之前的美术课上,利普尔写过一首名为《狗》的诗,老师还为他提过修改意见。你认为这两首哪一首更好呢?

   利普尔的原作   修改过的诗
     狗   狗

狗是我最喜欢的动物, 狗是我最喜欢的动物,
它也有四条腿。   它也有四条腿。
每个拐角一条腿,   我叫它来它就来,
相反,鱼儿却一条也没。 希望它常和我一起玩。

我更喜欢:_____

  利普尔之所以在梦中能急中生智,靠诗歌吸引观众,相信也是因为他自己在现实中就喜爱作诗。"机会总是留给有准备的人。"你是否也愿意展示一下自己的才华呢?用一首诗或者一幅画,来展示自己吧。

【阅读建议】

  《寻梦奇遇记》是一部真正的儿童小说。它贴近儿童的生活,运用儿童的思维,讲述儿童的故事,语言亲切而生动。在这个故事里,我们既能感受到幻想的神奇,也能感受到"爱"的力量。这个"爱",包括父母对利普尔的宽容、理解、尊重,包括利普尔和耶施克夫人的友

谊，也包括几个孩子之间的友谊。这样温暖美好的情感渗透在字里行间，甚至连反面人物雅科布夫人，其实在某些时候也有温柔的一面，她只是不太懂怎样和人相处，怎样表达自己的感情。因此，我们对书的关注点似乎不能只是奇幻的想象，隐藏在平淡生活场景中的温情，也是值得我们慢慢体味的。